聯合文叢 290

銀色仙人掌

◉龍應台／著

{目次}

【自序】

還在靈魂的旅次中

這是一本小說集。總共七篇，其中有四篇，發表之後就鎖進了抽屜，被作者自己遺忘。作者出遠門去了，有點浪跡天涯的意味，揹著一個人們看不見的行囊，行囊裡面的輕重，只有他自己知道。旅途是逆向的，從一個人的荒野到滾滾紅塵裡流浪，像一個持假護照的地下工作者，在白天經營肉搏的世界，在夜晚解讀靈魂的密碼。

十年之後，出版社把小說找出來，要結集成書。寄去清樣，同時催他寫序。但是小說清樣留在牛皮信封裡，他一直不打開；序，也遲遲不動筆。他還在靈魂的旅次中。十年前的作品，像火車窗外急速倒退的風景，被虎虎的風聲捲走，他無意回頭。

但是編輯鍥而不捨的催促電話一通比一通急，連打了三個月，終於迫使他剪開了牛皮信封，開始重讀自己的作品，準備寫序。

全然陌生，竟像是讀別人的作品。他萬分驚詫地讀每一個故事，發現裡頭每一個故事都是關於生命的陷阱和生存的代價，關於黎明時醒與夢之間的徬徨與脆弱。

。。。蒼蠅站在一扇玻璃上，翅膀急速拍打，發出電線接觸不良時那種滋滋的電磁聲；牠在盲目地、絕望地尋找出路。

讀完小說，已是凌晨，窗外一片漆黑；夜寒如水，一隻狗在深巷裡憂鬱地叫著。

他坐在沙發上，書稿攤開一地；就那樣一動也不動地坐了很長一段時間，在重重的黑暗裡。再怎麼流浪，也逃不掉存在。

然後起身走到書桌前，坐下，開始寫，寫自己的離婚書，寫完傳出。

究竟哪一份是序呢？

所謂小說，不過就是那黑夜裡獨自攤開的密碼簿吧？

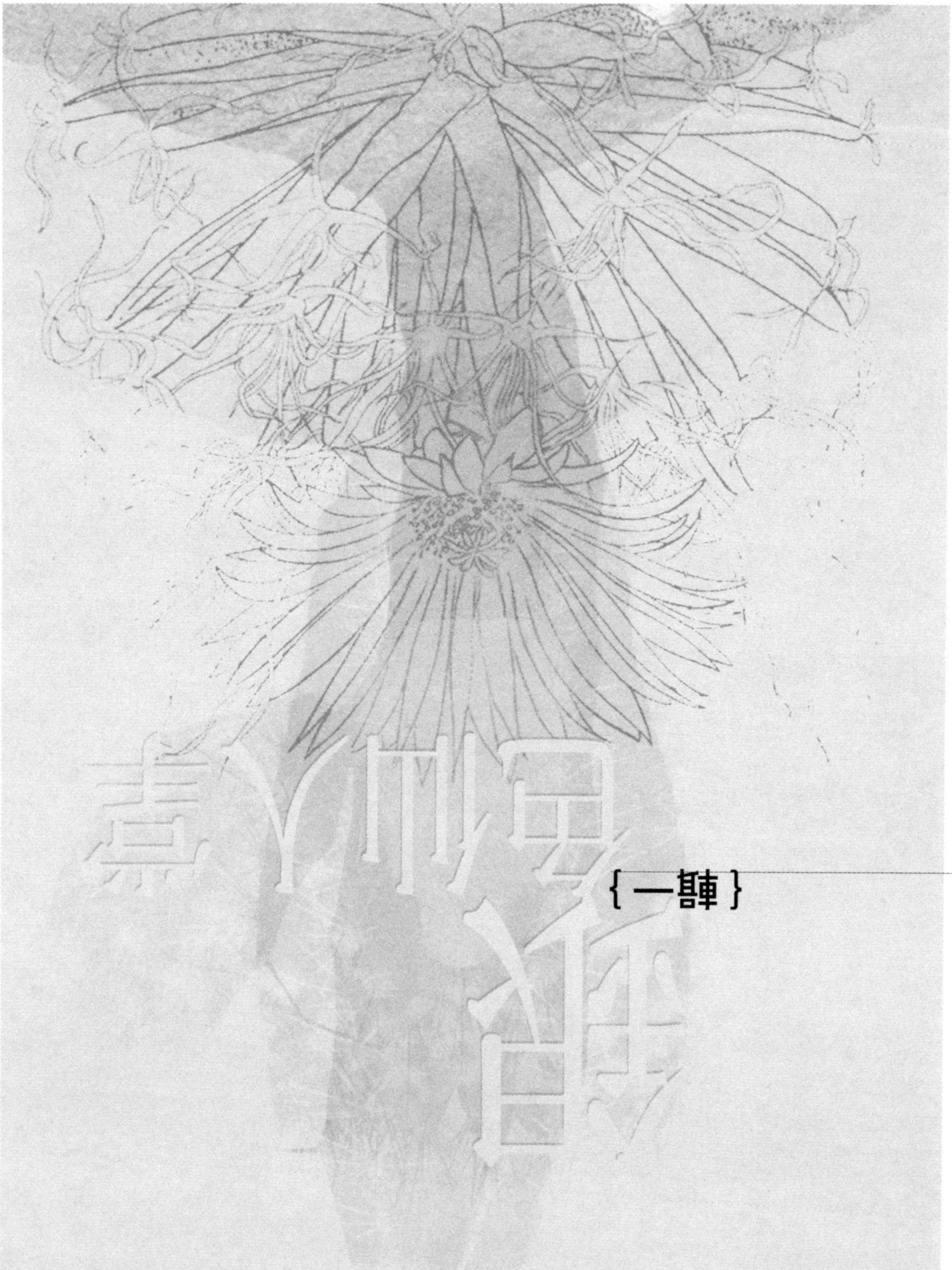

{一輯}

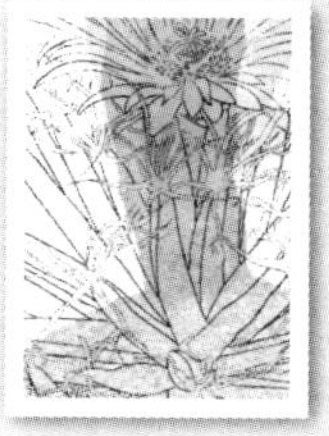

銀色仙人掌

夜裡聽見土狼的笑聲，

陰惻惻充滿非人的恐怖。

我在睡袋裡覺得手腳冰涼。

一點點風吹草動，

或許只是蜥蜴爬掠過我的車頂，

都使我瀕臨歇斯底里想失聲狂喊。

七月十日

我一定要維持冷靜。維持冷靜。把一切都記下來是維持冷靜唯一的辦法。除此之外，想不出還有什麼可以做的事情，當然，我用撿來的柴生了一堆火，火焰冒上來的時候往上面撒一些還沒完全死掉的木麻黃枝，明火就變成青煙，一縷一縷往天空裡竄。天空藍得徹底，沒有一絲雲。南半球的七月是冬季，平均氣溫二十多度，雨量，零。

所有的河流都乾涸了，我經過一條又一條鋪滿黃沙的河床。你認得出那是一條河，因爲綠樹像條帶子沿河生長。但我離開了魚河峽谷之後就沒再看到河的痕跡；這裡是大漠，我的耳朵裡，眉毛裡，嘴裡感覺都是沙的味道。褲子拍拍就有一陣灰塵飛揚。

開了個肉罐頭，吃了一片已經乾掉的麵包，一條快變黑的香蕉，喝了兩口水。雖然水箱裡還有十公升的飲水，我規定自己，一天不超過一公升。

太陽落在兩個沙丘交接的地方，和昨天的落點沒有差別，但是我注意到，左邊沙丘的稜線好像比昨日陡了一點。風像一隻柔軟無骨的手，推著這些細沙堆成的山丘，推過來，推過去，山的線條柔美得像飄忽的煙，像蜘蛛吐出的若有若無的游絲。竟然從來不知道，沙漠是那麼柔軟的東西。可是它美麗的柔軟含著深埋的陷阱，萬劫不復的陷阱。

把水箱蓋子拴緊，剩下的肉罐頭用塑膠袋紮好，放回冷藏箱。冷藏箱本來還有一袋冰塊，早就化成了水。香蕉皮也放進箱裡，如果留在車外，半夜裡會招來成群的狒狒翻東翻西。我坐在沙地上，穿上第二雙襪子。太陽一下去，沙漠就劈面無情的冰冷起來。

收拾東西的時候，一直感覺到背後一隻眼睛的注視；我背靠著敞開的車門慢慢回過頭去，倒抽了一口涼氣——在一株枯掉的木麻黃下，站著一隻像野牛一般龐大的大角羚羊，眼睛發著幽光；牠的犄角有一公尺多長，像兩把刺刀長在頭上。

我慢慢回過神來。啊，別慌，只是一隻羚羊，草食動物，不是獅子，不是豹。撫著心口，想到白天在沙漠裡看到的各種足跡。沙漠平滑細緻，把最微細的印痕都能完整的呈現，簡直就是個大自然的複印機。我看見蛇身滑過的清晰路線，看見獅子的腳印——四趾張開在前，肉蹄在後；我分辨得出狼的足跡——兩趾前，兩趾後，肉蹄呈三角形，牠特長的腳指甲還留下尖尖的點。有些巨大的印子，一坨一坨的，顯然屬於大象。那時還是上午，沙漠泛著美麗的粉紅色，老鷹在藍天裡飛翔，看起來平和寧靜，但是我清楚地知道，自己這一生還不曾如此接近過眞正的危險。

營帳是不能搭了，任何一種肉食動物在半夜裡出現，我就完了。昨晚睡在車裡，腿伸不直，到早上還麻著。幾天前在Etosha野生公園露營的時候，看見牆上貼著一張一九九三年的當地報紙。一個歐洲來的年輕人在一條長凳上睡覺，裹在睡袋裡。半夜裡兩隻獅子跳過圍牆。咬斷了他的脖子，報紙說，「然後將他從睡袋裡拖出來，開始吃他的肩膀，吃他的背，吃他的屁股，最後睡袋裡還剩下一條腿……獅子很餓了。」

看得我哈哈大笑，哪有這種新聞報導法，好像記者請獅子吃便飯似的。

我現在笑不出來。

羚羊給了我警覺。我做了會兒體操，設法讓筋骨鬆活一下，然後鑽進車裡前座，鎖上門，取出筆記電腦。我可以寫到電池用光的時候。

六點，天全黑了。樹下的羚羊還站在那裡，一團黑。是樹影遮著牠，其實天空亮得很，滿天星斗，一顆一顆晶亮逼人。銀河一無遮攔地可以從這一頭看到那一頭。一輪明晃晃的滿月，從我車後照來，看在後視鏡裡，簡直就像那急著想超車的人打開的遠光燈，大剌剌的亮得令人心慌。

火堆還冒著煙，但是不會有人看見了。

讓我再了解一下自己的處境；沒有比冷靜更重要的事了，我是說，在面對危機的時候。

在七月九日，就是昨天，從魚河峽谷往大戈壁的路上，看見一株銀色的仙人掌樹。銀色的樹幹在陽光下閃閃發光，彷彿外星球的金屬植物，非常怪異。我從車裡取出《非洲南部植物圖鑑》，找到了這棵樹：銀樹，可活兩百年以上。樹幹柔軟，Bushman 取之做成盛裝毒箭的容器。但是眞正吸引了我的倒不是那好像被ＥＴ的手指沾過的銀色樹幹；讓我突然煞車的是盤纏在樹上那巨大的鳥巢。那是非洲織鳥的巢，毛茸茸的一大團，交織環繞在樹椏之間；我將車倒回十來公尺，揚起一陣翻滾灰塵。

織鳥是一種社群鳥。這一窩大巢裡有二十八個鳥洞，像公寓大樓裡住了二十八戶人家。

巢，由無數的細草和碎枝交織編成，顯然是大家族的共同工程。大概爲了避免蛇的入侵，洞口全朝下。我立在樹下仰頭往上看，腳底下則鋪了一層褐色的鳥糞。是什麼東西使織鳥決定群居，而有些鳥，譬如老鷹，卻選擇獨來獨往？

鳥巢依附在仙人掌的枝椏之間，看起來好像是仙人掌天生的一部分。

離開鳥巢往車子走去時，車子正緩緩滑動，往前溜走——我竟然忘了手煞車；急跑追上，奮力拉開車門，跳進駕駛座，死命踩住煞車，把車停下來，駕駛位在右手，因爲這個曾被南非共和國殖民過的國家，左道行駛。

大概就在驚魂未定，喘息不止的時候，我看見了那條岔路，在銀色仙人掌的相反方向。高高低低，蜿蜿蜒蜒的一條小路，似乎消失在一座石礫山的後面。

很難說我後不後悔選擇了那條岔路。不錯，那條岔路導致了我此刻的險境，但是更讓我思索的是，究竟爲什麼我走上了那條岔路？當然，當時並不知道自己會迷失；任何走上歧途的人開始都不會知道那是歧途吧？而且，誰知道所謂歧途不正好是終南捷徑呢？我只是想不透自己的動機。說是冒險犯難吧，我的車原本就在茫茫大漠中，四邊沙地石礫，一片亙古荒涼。距離下一個村落有三百多公里，村落的名字叫 Solitaire，孤獨。我準備在那裡加油。土路漫漫，我的車後跟著一團白花花的沙塵。眼前一望無際，黃土連天。大概每隔半小時，遠處彷彿捲起一股塵煙，由小而大，滾滾而來。我們交錯時，互閃一下車燈，表示幸會另一個人類。我真的沒有必要轉入那條岔路，那條地圖上沒有標出的岔路。只因爲它在織鳥巢的對面？

或者竟是爲了試試我的四輪帶動越野車？也許。租來的這輛白色越野車，就像在電影裡看到的非洲叢林越野吉普車一模一樣，羅曼蒂克極了。從機場出來一見到它，我就開始心跳，好像黏合狹隘的天地豁然晴空萬里。我想像自己的草綠色帆袋行李（帳篷，睡袋，瑞士刀，手電筒……）綁在車頂，車子在曠野中顛簸行駛……

我的車確實在曠野中行駛終日，但是土路雖然掀起灰塵僕僕，卻還算平穩，用不著四輪帶動。銀色仙人掌對面那條岔路，是的，我確實心動了一下。那條路凹凸不平，而且覆著厚厚的軟軟的黃沙，對我的車絕對是一個挑戰。在美國留學幾年，博士沒有讀成，從美國朋友那兒卻學會開各種各樣的車輛。有一年暑假打工，還和比爾一起去考了卡車駕照。現在手握著越野車的方向盤，感覺馬達在低吼，血熱起來……

可是我沒有理由去走那條岔路，因爲我明明知道，第二天要抵達Namib大戈壁，那兒有一段六十五公里長的沙路，從孤獨村深入大漠，旅遊指南上清楚地寫著，無四輪帶動車者請勿進入。我分明可以等到那裡再馳騁我的越野車。

我確實還回頭看了一眼那株因爲有了織鳥巢而顯得龐大的銀色仙人掌，幾乎不假思索地，將車檔用力推進四輪帶動，駛進了岔路。我想知道這條路往哪裡去；顯然是條少有人跡的路，但總是條路。它似乎終止於前面的荒山，可是我想知道它是否眞正在那兒終止。我只要知道了，就回頭，回到正當的大路上。

我是這麼走上岔路的。

小路到了山的後頭，並沒有終止，只是開始轉彎。風景沒有變，還是鋪天蓋地的黃沙和石礫。乾枯的草從石縫裡鑽出，這兒那兒一株布滿塵土的木麻黃，看起來好像已經死了幾百年。在轉彎處我的車輪卻開始打空轉，深深陷在軟沙裡。這一回，四輪也帶不動了。

關了引擎，推門之前還不忘眼觀四方，看看有沒有野獸的蹤跡。幸好四野空曠，一目了然。出了車子，蹲下來將前輪的軸承與輪胎扣上，讓軸承帶動輪胎，再回到車中。我並不太擔心；再走不出去，還可以將後輪軸承也扣上，馬力絕對夠。

我發動車，引擎很吃力地響著；然後緩慢，但是穩穩地，車輪壓過沙坑，像坦克車似地往前輾進。沙坑緊接著又是沙坑，好長的一段沙路，我咬緊牙，專心致志地讓方向盤控制著同時配合著車輪運轉；此刻車子的前進慣性絕不能稍停，一旦停止，也許就陷進去了，在這沒有人煙的沙漠裡。

我大概前行了約十五分鐘。也可能更久一點。但是因爲全心用在車輪的操縱上，當車子終於開上一段堅硬的土路使人有機會鬆一口氣的時候，我已經不知道原來的路在哪一個方向。

那是七月九日下午兩點半。我熄了火，下了車，想爬上對面一個山頭，登高遠眺也許可以看到大路。正要拔腳，什麼東西勾住了褲腳——我穿著卡其長褲。低頭一看，是一堆白骨，大概曾經是一頭牛。頭骨還完整，勾著我的是頭骨上的彎角。牛毛還附在皮上，橫七豎八的肋骨和嚼斷的牛蹄像一堆垃圾，拖在較遠的地方。這是一隻被支解，被消化了的牛。

我不知道這隻牛在多久以前還活著，看看我想爬上去的山頭，覺得寒意從心底散發。回到車裡，用力關上車門，調轉方向，回頭走，走在看起來像是回頭的路上。可是回頭的路沒有一點認識的感覺，黃沙和石礫，看起來就是黃沙和石礫。碰到岔路時，就挑左邊的走，爲什麼？也許因爲，想到明康嘲笑我的話——我討厭任何形式的右傾。

突然發現前面立著根柱子；天哪，不是柱子，是電線桿，接電話線的那一種。有電話就有文明，隨著電線桿走，總有走出沙漠的時候吧？這支電線桿頂端腫起來一大團東西，細看才發覺竟然是一大坨織鳥巢。我「啊」了一聲，然後太陽就在兩個沙丘之間悄然落下。幾天來的經驗告訴我：太陽一落，就是五點三十分，對對錶，果然不錯。也就是說，在三十分鐘內，天色將整片的暗下來。夜行的動物將出動覓食。

我將車停在織鳥巢下邊。近黃昏，鳥已回巢。車駛近時，鳥族受了驚嚇，拍翅蜂擁而出。在天空裡盤旋了一陣，才又回到牠們的公寓裡。我有點高興；至少有鳥，讓我覺得沙漠不完全是死的。而且有電話線。

汽油，還剩下三分之一，可以跑一百五十公里。

那是昨天九日的事。今天，十日，我檢查了糧食存量。肉罐頭還有好幾個，麵包剩下一條，青菜只有兩個番茄，一個蘆筍罐頭，一條香蕉；另外有一包乳酪，三盒高溫殺菌牛奶。省吃儉用，可以支持一個星期？十公升的水，如果不蒸發掉，可以撐個十天吧。

天亮的時候，我推門出去小解。鳥在巢裡頭嘰嘰喳喳，聽起來令人精神一振。抬頭看鳥巢，我卻愣住了。

這支電線桿沒有電線。老舊的一截黑色電線像死蛇一樣垂下。只是一支久經廢棄的柱子。

我兩腿發軟，滑坐到沙裡。

現在只有兩個選擇：第一個，繼續去找路，找到油盡而已。可是油盡的時候怎麼辦？走路。走路有兩個結果：水不夠喝，渴死，或者，半路上讓什麼野獸給撕掉。第二個，留著這點汽油，在這裡等，等到有人經過。很可能沒有人經過。事實上，二十四個小時過去了，我不曾見到一輛車。（爲什麼沒有羅盤呢？租車給我的德國佬爲什麼沒警告我迷路的可能？在我之前沒人迷過路嗎？爲什麼沒有羅盤呢？）

明康說：「沒有我你日子過不下去的，不要那麼逞強。」他的意思是，你看，你的所得稅是我報的，你的錢是我處理的，你手上的瑞士金錶是我買的，你是個不會照顧自己的人。你以爲離婚就自由了。你知道嗎？猴子不管到哪兒去，都帶著叢林的習慣，走不掉的！

我離開電線桿，試探性地將車開走，卻總是在十幾公里之後又折回來。我怕越迷越遠。事實上，在這裡也是迷，在那裡也是迷，沒有兩樣。但不知爲什麼，電線桿上的織鳥好像變成了我熟悉的東西，在牠們的公寓旁，聽牠們嘰嘰喳喳，看牠們進進出出，我就覺得還沒完全被這個世界遺忘。啊，我多麼渴望那電線桿上有電流，電流通奔向遠方發出滋滋的聲響！

如果是明康，他就不會迷路，因爲他從不走沒有把握的路。到一個陌生的城市之前，他會把路線圖用黃筆先畫出來。是的，每一個交流道，每一個紅綠燈；地圖上沒有的路，就不存在。

明康是個絕對可靠的男人。

我生火；老天知道，我還不曾一次看見天空裡有飛機經過。只有無聊地飛來飛去的老鷹。今天再看了《非洲鳥類圖鑑》——那我以爲是老鷹的東西不是老鷹，是禿鷲，專吃死屍。

七月十一日

我離開了電線桿。

織鳥給我的安全感，我清楚地知道，是虛幻的。在那柱下等著無異於坐以待斃。我必須自尋生路。我越來越緊張，全身的神經末端都在一觸即發的充血狀態。夜裡聽見土狼的笑聲，陰惻惻充滿非人的恐怖。我在睡袋裡覺得手腳冰涼。一點點風吹草動，或許只是蜥蜴爬掠過我的車頂，都使我瀕臨歇斯底里想失聲狂喊。

啊，我書寫，書寫使我鎮定。冷靜，我需要冷靜。

一夜未眠。天色一亮，就發動車子上路。

我已經完全失去了方向感。我在魚河狹谷北邊約兩百公里的地方轉進岔路，離我本來要去的目的地大戈壁大約三百公里。地圖告訴我，我人在南緯二十三度附近（北緯二十三度線經過南台灣的嘉義，天哪，我爲什麼不去嘉義？）我應該是往北的方向行駛，希望能再回到那株銀色仙人掌旁的大路，我所熟悉的像直線的大路，一百公里直通天堂不轉一個彎的大路。

我可能一直在繞圈子。繞來繞去，而其實那株銀色仙人掌就在不遠的地方，可是我可能繞到死都看不見它。

一輛白色越野車在廣漠的大沙漠裡繞小圈子，小卻糾纏不清的圈子。我看不見啊！

這是我離開明康的報應嗎？他在他小小的研究室裡，等著我回去。可能對我還生著氣；無緣無故地要鬧離婚，朋友怎麼說？「猴子離開叢林，還是猴子。」他發怒了，然後拾起醫師的白袍，穿上，推門走了出去。醫院大樓就在咖啡館對面。椰樹的影子長長掛在地上，他的背影在椰影中忽明忽滅。過馬路的時候，他停下來，左看右看，然後謹慎地往前行去。一輛救護車拉著警笛風風火火地疾駛而過，遮住了他的身影。

我追了出去。咖啡館的門在我身後「碰」一聲關上。跨過安全島，什麼也沒看，就這麼一口氣跑過去。一輛摩托車緊急煞車，輪胎激出刺耳的摩擦聲，有人在我後面咒罵「幹你娘」。我在台階上趕上明康，氣喘喘地與他並肩而行。他奇怪地看看我。大廳是掛號的地方，人來人往，消毒水和藥的氣味撲鼻，病菌在看不見的地方蔓延。我拉起他的手，說：

「眞的，我要走了。」

他盯著我看，好一會兒不說話。然後在將我的手甩掉的同時，說：「孤僻！」踏大步走開。

在開上一條沙路前，我又將車停下。黃沙軟得像麵粉，起碼有半公尺深。我向前走了幾步，腳陷下去幾乎拔不出來。於是我回到車邊，將輪胎洩氣，先洩前輪，然後洩後輪。感覺輪胎扁一點了，才再度起動。太飽脹的輪胎是過不了困境的。

孤僻嗎？好像從小就有人這麼說。露營的時候，別人也許聚在一堆玩牌，講笑話，玩大風吹；我卻坐在石塊上看螞蟻搬家。「這孩子孤僻。」有人說。我羞恥地低下頭，可是，我不懂什麼叫孤僻。螞蟻的世界忙碌紛擾，有看不完的行動和訊息，有解不開的密碼和暗號，有驚濤駭浪的光和熱；我只有全神貫注才能捕捉大化中一點點破碎的意義。你看不見是吧？可是我看得見，看得我兩眼發熱，淚水就湧了上來。讓我，讓我全神貫注吧！我心底藏著一個微小而悸痛的呼喊，讓我全神貫注於那個無聲的生命世界吧！不要說因爲你看不見它，它就不存在。

我早就離開了那個看似孤獨其實蘊藏無限的世界，一離就是二十年。離開的時候也不曾回顧片刻，帶著青春的懵懂奔向前方，和所有的人一樣結婚生子過日子，不知道那是與自己永遠的訣別。

可是我要把它找回來。

那個欲望，堵在心口，讓我沒來由地鬱悶，像生了什麼自己不明白的病一樣。

叢林裡的豹，怎麼會跑上雪山頂的？

我的手指污黑；弄輪胎時太用力了，還狠狠地去了一塊皮。傷口上覆蓋一層薄薄的沙粒。

或許我不該再找那株銀色的仙人掌。我也許早就超過了那株樹，更接近大戈壁了。油耗盡的時候，就只剩下一個選擇：用自己的兩條腿走路。但是我能馱多重的水和食物呢？要走多久才能找到那株銀樹？還有那悄然出沒的野獸……獵豹的奔跑時速達一百公里。獅子體長兩公尺半。河馬，素食的河馬張嘴可以把一整個人捲進嘴裡，嚼爛了再吐出來。

那麼我只是出去走走，明康，只是出去透透氣，其餘的回來再說。我要冷靜地想一想；你同意，在面對危機的時候，人，最需要冷靜。雖然現在我覺得兩頰發燒，心跳時快時慢。

然後我在天母的英文書店裡找到納米比亞的旅遊指南。就從納米比亞開始吧，那個我說。

繞來繞去。如果有目大如天，往下俯視我，我一定像一隻沒有意義的螞蟻。不，也許有意義，但那不是我能捉摸的。沙上到處可見彷彿拇指按捺出來的小坑；螞蟻走進沙坑。因爲是滑溜溜的沙，螞蟻怎麼掙扎都爬不出去。挖坑布阱的是一種叫蟻獅的小蟲，牠挖好了坑就鑽進坑底深深埋伏，等著螞蟻滑下來，將牠一口吞噬。

車子駛過一段特別顛簸的布滿沙坑的路，好幾回我被震離座椅，頭猛撞車頂，撞得我兩眼發昏。險路過了之後，我懷著很壞的預感，很沉重的心，到車後去檢視水箱。本來立著的水箱翻倒下來。蓋子被震鬆了，水流了一地。搖搖水箱，咕嚕嚕一點聲響。

大概剩下一巴掌的水。

七月十二日

沒關係。書寫，就知道那個我還在。

石礫漸漸消失，沙地越來越多，而且是黃色的純沙。枯草和偶爾見到的木麻黃也沒有了。連路都被沙掩沒了。我大概已在戈壁邊緣。這裡的沙漠據說是世界上最古老的沙漠，幾百萬年前就已是這樣的景觀。再往北有所謂骷髏海岸線；那兒也是延綿不盡的沙漠，漠上曝曬著無數的白骨，見證大漠永恆的孤寂。

一陣龍捲風突然發飆，捲起細沙漩渦似地竄起，形成一條連著天的滾滾沙柱，像黑色的幽靈在曠野中浮游。我把車停下來，熄了火。閉上雙眼。

不知道這裡的人怎麼度過這百萬年如一日的亙古孤寂。是在中部一個小村落裡——村落眞小，一家白人經營的破敗旅店，一家黑洞似的空蕩蕩的雜貨店，幾間鐵皮搭成的小屋。灰撲撲的小屋旁倒長著一株艷紅的九重葛——一輛小卡車停下來，開車的黑人伸出頭來對我嚷，用英語，「喂，帶你的人去領東西！」

「什麼東西？」

「聯合國的救濟物資呀！」

我看看自己：拖著一件髒兮兮的長裙，陽光把臉曬得發疼，顯然已經開始脫皮；頭髮裡全是沙，而且髒得打了結。這人把我當本地人了。

我不是本地人；本地人不會迷路。

龍捲風漸行漸遠，直到只剩一個小小的黑點，沒入大化。周遭回復死寂。我摸摸火燙的額頭，覺得頭很重。喝了口水。再要發動車子時，卻發不了。引擎呼嚕呼嚕抽搐幾下，像老人喉裡卡著濃痰，一口氣抽不上來。

沒有油了。

……

我幾乎是跌出車來的。太陽在頭頂上火烘烘地燃燒，沙漠燙腳，反射著刺眼的強光。黃沙漫天覆地，地平線好像傾斜三十度，而且呈波浪形起伏。我不再相信自己的眼睛，否則我會說，那地平線接天的地方分明是波浪起伏的藍色的海水。水面上突出高高低低城市的輪廓。地圖上沒有這樣的城市，在魚河峽谷和Namib戈壁之間。更何況城市的輪廓也在慢慢融化，太陽的熱力透過凸鏡聚集。三十度傾斜。

不知哪兒來的一蓬枯草，在風裡翻跟斗。由遠而近，無聲地，鬼魅似地打我眼前滾過，好像自萬里以外翻滾著的靈魂追逐自己的屍身。太陽射著我發燙的額頭，一隻禿鷹在空中盤旋，發出異樣輕快的叫聲。

我拔掉了手錶，丟在地上。沙會蓋上來。

把水壺繫在手腕上。

那個我開始走路。七月十二日中午十二點，南緯二十三度。

禿鷲，一直在頭上三尺處迴旋，守著我踉蹌的腳步。

請記得我。

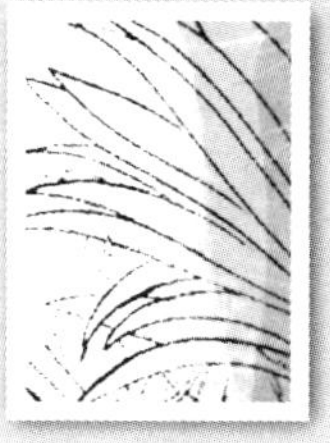

高健壯的一天

高健壯跌坐在床上，

他的黑框眼鏡不知什麼時候掉在地上。

他嚶嚶地哭起來，悲切而絕望地。

他沒想到他終究也躲不掉

這屬於男人的悲情命運。

1

高健壯推開鐵門，對門的女學生剛好轉過身來，她靦腆地看了一眼高健壯，用手把短髮撂到耳後，也不回答「早啊」的招呼，兩個人一前一後地下了樓。

十七歲的倪竹君心跳得厲害。今天在門後足足等了八分鐘，他才出來。這四十多歲的男人究竟好在哪裡，她其實說不上來。高健壯有一頭濃密的黑髮，厚厚重重地覆在額前，時不時用手去撇開。他戴著黑框眼鏡，整個人透著種說不出的屬於文人的深沉氣質。說早安的時候，臉上似笑非笑，露出一口整齊的白牙。夏天他穿著短袖恤衫出來，像今天，兩隻手臂鼓稜著一束一束的肌肉，教人臉紅心跳。

到了大地庭園門口，不得不分手的時候，倪竹君鼓足勇氣說了聲再見，聲音低得聽不見，耳根發燒，差點撞上正在用牙籤剔牙的大門警衛。

高健壯提著沉甸甸、脹得要破了的垃圾袋，一手一個。額前頭髮蓋住一隻眼睛，挺不方便，可是沒有多出的手去撥。一只垃圾袋開始滲水出來，滴滴答答一路拖來，也弄濕了他的塑膠拖鞋，黏巴巴的。是昨晚的麵湯餿了，他想。

高健壯加快腳步往牆邊堆成山丘的垃圾趕去。一隻尾巴被斬斷的大黃貓坐在牆頭，偏著腦袋，百般無聊地看著他走過來。

回去的時候，美麗已經穿戴整齊，坐在餐桌邊，蹺著腿，看報紙，喝著牛奶，嘴邊浮著一圈白沫。

「飛飛還在睡呀？」他問，一邊彎腰收拾門邊攤著一地的拖鞋。

「嗯。」

打開冰箱，冷氣「唬」地一團撲上來，高健壯打了一個哆嗦。「飛飛又玩冰箱了！」他勾身在冰箱裡旋轉一個鈕。

「咦？」他叫起來，「昨天給你買的櫻桃乳酪你不吃？」

沒人回話。

美麗在浴室裡化妝。出來的時候，臉上已經上了粉。腮紅使整個臉媚亮起來。她對著丈夫抿抿塗了口紅的嘴唇，說：

「怎麼樣？有粉塊嗎？」

高健壯湊近妻子的臉，聞到她身上淡淡的香水味，他們的枕頭永遠是這個味道，高健壯並不怎麼喜歡，你的頭不管往哪邊側，總躲不過那個帶點窒息的氣味。眼前這三十九歲的女人，眼角皺紋實在不少，眼袋也微微腫著，可是美麗的唇像用細毛筆描出來的一樣，線條分明，上唇薄得像隻透明的彩虹魚，下唇卻又豐美如肥豬肉。

美麗不耐煩地推開丈夫，提起褐色公事包走向門口。挑出一雙咖啡色的高跟鞋，邊穿邊說：

「我五點接機，不堵車大概七點到家。爸媽他們也都說好七點來。你今天下午就別去和老張串門子了！」

跨出門檻，美麗回過身來，用手指掐了下丈夫的臉頰，「人多，多準備幾個菜！」

高健壯折進廚房，邊洗牛奶杯子邊盤算：岳父母兩個，美麗兩個妹妹兩家人，八個，今天從東京飛回來的哥哥一家三口，加上自己一家三口，如果美麗的同學好友饅頭也來，總共就有十七八個人。南門市場東西比較多，也許做個火鍋，可是那兒常買不到牛肉，而且夏天吃什麼火鍋，還是到青田超市比較保險……還得跟樓上劉家借幾張圓凳子……不對，好像上次借的還沒還？

雨淅瀝淅瀝下來，打在紗窗上。高健壯關了水，衝上陽台，快手快腳地把幾件衣服搶收進來。經過兒子房間，不經意瞄了一眼，喝，兒子不在床上。他把微潮的衣服帶進他和美麗的浴室，大件的一件一件用衣架掛起來。美麗的三角褲和乳罩、飛飛的小襪子，就用夾子夾住。再折出去，飛飛咯咯的笑聲從廁所傳出來。

打開廁所門，高健壯看傻了。兩歲的飛飛整個身體趴在馬桶圈上，大大的頭埋在馬桶裡頭，一隻肥短的手伸進桶底，正撈著什麼。

做爸爸的一把將兒子拎起來，懸在半空中，兒子像條水蛭似地扭著身體，咯咯笑得更厲害了。高健壯看見馬桶裡頭泡著自己一只黑皮鞋。

「船——爸爸——船——」

高健壯愣著，一時不知道該先給孩子洗手，還是先把鞋子給撈出來。

2

秘書探頭進來，悄聲說：

「李大偉。要不要接？」

美麗正低頭看一份工程報告，頭也不抬。

秘書等了一會，又試探地說：

「他說——」秘書咳嗽，「他說，不接你要後悔，好像滿糟的……」

秘書又等了一會，發現美麗厭惡地對他揮了揮手作驅趕狀，只好訕訕走開。

十一點。秘書把來口試的應徵者帶了進來。美麗抬起頭，眼睛一亮。年輕人穿著一條白色的粗布牛仔褲，緊繃著的大腿顯得飽滿，充滿張力。因為穿著愛迪達球鞋，整個人都有了彈性。頭髮鬈鬈的，襯著一對靈透似水的大眼。美麗用下巴示意他在茶几邊坐下，自己則仍坐在旋轉椅中，居高臨下地看著他。桌上攤著一份大漢溪整治工程的環境評估報告。

年輕人安靜地坐著，兩手擱在腿上。帥氣瀟灑的服裝和他舉止的恭謹有點不相稱。秘書端進來兩杯咖啡，輕手輕腳地把杯子擱上玻璃茶几。

「要奶精和糖嗎，張先生？」

「不客氣，我自己……」年輕人欠身。

「陳俊雄，」美麗用腳把滑椅蹭開，站了起來。手裡捧著文件，走近秘書。秘書趕忙放下裝奶精和糖的小銀壺。直起身來，赫然比美麗足足高出兩個頭。

「你把這個影印一份，」美麗將文件遞給陳俊雄，「給王副理一份，請他下午兩點來這裡談一下。不准遲到。」

秘書恭謹地接下文件，轉身要走，美麗在他屁股上摔了一巴掌，很響，笑著說：

「你今天這套西裝特別有味道！」

陳俊雄喜孜孜地走了出去。

美麗在年輕人對面坐下，身體斜出一個角度，以免顯得呆板。窄裙下兩條腿優雅地交疊起來，斜伸出去，讓年輕人看得見腿肚後面那條絲襪上的細線。

「是自然鬈嗎？」她徐徐啜了一口咖啡，皺了下眉，陳俊雄總是煮得太淡。

年輕人愣了一下，然後說：

「對，生下來就這樣。」

美麗讚賞地點點頭，她喜歡笨拙一點的男人，尤其是笨拙而又長了一頭鬈髮的男人——不知道他下面是不是也捲著……美麗把茶几上的卷宗挪到腿上，邊看邊喃喃念著：「外文系、役畢、無工作經驗——」

「寒暑假有在保險公司實習過啦——」年輕人急切地插入，然後又為自己的莽撞顯得後悔，不安地絞著自己的手指。

半晌，美麗「叭」的一聲關掉卷宗，丟在桌上，兩手交叉在胸前，微偏著頭，睨著應徵者：

「我們做工程這一行，跟三教九流的人都打交道。從縣政府官員到警察、里長，從省議員到鄉民代表，都不能得罪。這些大姐頭要喝酒就陪她們喝酒，要唱卡拉OK就唱卡拉OK……我找一個懂外文的人幫我處理文件，同時也希望他能幫我做點公關——」

美麗眼光灼灼的，年輕人抵擋不住似地把頭低下去。

「抬起來！」

年輕人揚起臉來，卻垂著眼瞼，盯著自己的腳。

「你長得有點像張學友，」美麗傾身向前，眼睛溜著對方，繼續說：

「場合裡嘛，有時候酒難免喝得多一點，有時候客人難免有些輕浮的舉動，不過都是逢場作戲，你覺得能應付嗎？」

年輕人皺著眉尖，不說話。

「怎麼？」

「我不會喝酒……」

「那沒關係，」美麗灑脫地擺擺手，傾身向前伸出塗了蔻丹的手指輕輕碰了一下年輕人的唇，「學了就會。」

在門口握手的時候，美麗注意到年輕人寬闊的胸膛上有些微毛髮從襯衫開口處鑽出來。她拍拍年輕人的肩膀，笑著說：

「天氣很熱……」

她很曖昧地笑著。

3

美麗和饅頭各叫了一份丁骨牛排。

「晚上來嗎？」

「看吧！」饅頭給兩個人斟果汁。「老公大概不想去。」美麗揚了揚眉毛。

「他最近老鬧情緒，」饅頭玩弄著桌上的牙籤，折斷一枝，又捻起一枝，「常常悶半天不放一個屁，問他也不肯說。」

「會不會知道你那檔事了？」

「應該不會。知道不早鬧翻天了。」

電風扇喀啦啦轉過去，又喀啦啦轉過來，一陣風掀起饅頭的裙子；她今天沒穿絲襪。

「昨天晚上我們在看電視，看著看著，他突然咕咕噥噥說了一堆話，我起先沒聽，後來聽到了，聽懂了，原來他在說，瞧，他這麼說的——」

饅頭兩眼發直，作出呆滯的表情。喃喃地說：「我有抑鬱症、焦慮症。」

丁骨牛排滋著熱氣被端到桌上。美麗一刀切下，不高興地說：

「這牛排才有焦慮症！每次跟他們說只要三分熟，他們就硬要給你來塊半焦的！蠢！」

「我說怎麼了，日子過得好好的生什麼抑鬱症？趕流行是不是？他就說我不關心他，不愛他，只愛我的事業，我就說，關心事業不就是關心你嗎？沒有我天天上班作牛作馬，你哪能那麼輕鬆地天天度假？他就說他的日子太悶、太無聊，太缺少自我成長，缺少成就感，我就說，你有一個漂亮的家、兩個健康可愛的孩子，你還要什麼嘛你——」

美麗拿起胡椒瓶猛灑，邊搖頭：「男人哪！」

「他就說他也要出去工作，我就說，那就得請保母顧小孩，他賺的錢恐怕還不夠付保母薪水，免談！」

「告訴你，」美麗把刀叉擺在盤子上四點五十分的角度，「下次不要再來這家吃了。男人的後中年期憂鬱症候群實在不好搞，像便秘一樣。」

饅頭撞了下美麗手肘。後面兩個客人結好帳，正往這邊走來。高的那個穿著短衣短褲，手腕裡摟著一個籃球。修長而結實的腿長著細細的毛，沾著汗水流成鹽似的結晶。矮的一個穿著白色運動褲鞋，網球拍隨意地扛在肩上。兩個人渾身洋溢著陽光青春的氣息。

經過美麗和饅頭的桌子，兩個女人不約而同地吹了聲口哨，年輕男孩子吃吃笑著，用眼角斜看那吹口哨的人。矮的那個低頭捂著嘴笑，和高個子推推撞撞、扭扭捏捏地走了出去。

4

孩子們圍著矮腳圓桌坐著，五個男孩、三個女孩，從兩歲到八歲半。高健壯蹲在飛飛旁邊餵飯。飛飛沉浸在這盛大的宴會所帶來的狂喜中，已經有點魂體分離。他的嘴機械地張開，讓父親將食物推入，推入之後卻不記得咀嚼，只是睜著圓滾滾的大眼看著大孩子的動作。

三歲的球球縮在桌子底下，正用勁要扯掉身上的紙尿褲，因爲尿褲裡剛滾進一粒蝦球。四歲的皮皮正將果汁從一只杯子倒進另一只杯子再倒進另一只杯子，每倒一次就流出一些在桌子；五歲的龍龍從碗裡抽出一條長長的義大利麵，正要把它黏上安安的頭髮，安安回過頭來「嗶」就是一巴掌，打得既狠又準；龍龍臉上浮起了紅手印，一屁股摔在地上，開始不服氣地嘶喊踢打；果汁翻倒了，流了一地。

「高健壯！」美麗從大人的桌上扎出一個頭，「怎麼搞的嘛？」

龍龍的爸爸，也就是美麗的哥哥，早已離座，扶起痛不欲生的龍龍，從西褲口袋裡熟練地抽出一條方格手絹，半跪著擦兒子一臉的眼淚鼻涕，邊問道：「是誰打的？」

這一問，龍龍哭得更慘烈，手指控訴地指向安安。

可是安安已經溜了。

高健壯跪在地上，正用抹布揩拭黏巴巴的果汁。飛飛從後面抱住他屁股興奮地說：

「騎馬，爸爸，騎馬——」

龍龍的爸爸自地上拾起一根長長的麵條，對已經爬入矮桌下的高健壯說：

「眞過意不去，把你忙成這個樣子。」

男主人「登」一下從桌下伸出頭來（現在他整個身子趴在桌面下，只有四肢在桌緣外，頭伸了出來，你看他像什麼），他堆著笑說：

「自己人嘛，難得咧！」

大人桌上剛好爆出一陣哄笑。

美麗高昂地說：

「來來來，咱們敬爸媽酒，哥哥難得回國——咦，哥呢？」

龍龍的爸爸趕快落座，抓起自己的酒杯。

「來——」

所有的手，好幾十隻呢，都向桌心舉起杯子，突然有人說：

「少了妹夫怎麼行？男主人呢？」

高健壯覺得膝蓋上黏著一塊什麼東西，像口香糖，也可能是粉蒸肉，但是他沒時間去看。他快步走到美麗身後，桌上沒有他的杯子，於是他回身隨手拿了一個孩子的黏膩膩的果汁杯，一手環著妻子的肩，熱烈地說：

「來來來，敬爸媽！」

美麗的母親是個退了休的小學校長，三層下巴鬆鬆晃晃地堆在脖子上，已經變成三角形的眼睛卻還透著教人不能不尊敬的威嚴。美麗的父親得了帕金森症，左手抖得厲害，心情愈興奮愈抖。現在，他把不斷跳動的手塞進褲袋裡，可是這樣看起來就好像他褲袋裡有隻活的兔子不斷在撞他。

因爲用藥，美麗的爸急速地在喪失他的記憶力。他不記得誰是誰的孩子或誰是誰的老婆丈夫，所以每次敬酒時，美麗都得說明：

「爸，這是老三的丈夫。」

可是現在，連他們來這裡幹什麼，他都搞糊塗了。盤子裡一有菜，他就低頭猛吃，他不記得他已經吃過。

「高健壯！」美麗的二妹美玲叫著，「你也擠進來坐嘛！輕鬆一下。」

高健壯擠進來。他坐在一只塑膠圓凳上，那只圓凳平常放在浴室裡，飛飛站在上面對著鏡子學習刷牙。

風格明朗的美玲舉起杯子：

「今天這餐接風飯，實在辛苦了姊夫。你們看，這十二樣菜，全他做的，眞不簡單。來，我們大家敬姊夫！」

敬酒。

剛下飛機的美麗的嫂子，龍龍的媽，熱絡地給高健壯挾菜：「妹夫啊，我眞慶幸我們美麗嫁了你這麼一個賢夫良父，眞是前世修來的福氣。我和國梁每年都來打擾——」

「嫂嫂，」美麗突然打岔，「嫂嫂，你們箱子裡一定有髒衣服吧？待會兒別忘了拿出來給健壯。」

國梁說：「我可以洗——」

「哪兒的話，哥哥！」美麗用責備的眼神看著自己哥哥，「你是客人，讓健壯來，他做慣了。他很行的。」

高健壯在一旁幫腔：

「應該的，應該的嘛！」

「爸爸——」

廁所那邊傳來小孩的喊聲。桌上所有的爸爸們都豎起了耳朵。

「爸爸——」

「是飛飛。」辨認出聲音，大家的眼睛向高健壯看去。

「幫——我——擦——屁——股。」

高健壯丟下咬了一口的紅燒雞屁股，慌忙上路。

美麗的媽趁著這個空檔對女婿品頭論足：

「健壯有點兒不修邊幅。你看，還穿著短褲哪。你平常也該教教他……」

美麗皺著眉「嗯」了一聲，不說話。正在這個時候，「哐噹」一聲，一只玻璃碗跌碎在地上，讓所有的人都嚇一跳。

高健壯其實早就在隔壁房間打開了電視，讓孩子們看卡通片去了。這回是皮皮一個人溜了回來，吃西米露，打破了碗。

他哇一聲哭起來。

美玲的丈夫李超群趕過來，把皮皮抱起來：「不怕不怕，皮皮不怕……」

高健壯剛好回來，救火似地又往廚房衝，去拿掃把抹布。

美麗的媽搖頭，脖子上的肉搧來搧去：

「嘖，本來就不該給孩子用玻璃碗嘛！玻璃打破事小，割破了手，得破傷風——」

她本來要繼續訓下去，但這個時候，美麗的爸用那隻不抖的手碰了碰她，口齒不太清楚地問：

「這是什麼餐廳來著？」

高健壯用掃把將玻璃碎片掃進畚箕，然後跪下來，用抹布擦地。他爬進桌子下面；從美麗的高桌子那邊望過來，只能看見桌面和他不時伸出縮進的四肢。

「好了好了，喝酒！」國梁擺出老大的架式，把大人的注意力招回，「美麗，你記不記得有一年除夕，我們上小學的時候，鄭國忠抓貓的事？」

「我記得我記得！」美玲搶著說，「他跟他爸爸，說那隻貓老偷他們雜貨店裡的鹹魚。

所以他們在痲布袋裡放了條鹹魚，等那隻——」

「我也記起來了，」美麗的小妹美欣雀躍著，「國忠跟他爸爸，還有國忠的弟弟，他們一人拉住痲袋一角，等那隻貓進來，他爸爸就一屁股坐下去，坐在痲袋上——」

美麗哈哈大笑，「他爸爸是個大胖子，起碼有一百五十公斤……」

「好噁心！」皮皮的爸爸說，他還摟著皮皮，「怎麼這麼殘忍？」

「哈，」美玲對他嗤之以鼻，「殘忍的還在後頭呢，那隻母貓裡頭還有好幾隻呢！」

「有一次……」

高健壯把玻璃碎片用好幾層報紙包起來，然後才拋進垃圾袋。他不願收垃圾的人割到手。

洗手的時候，他才發現自己大拇指和食指之間有一道頗深的割痕，血，已經被水沖掉了。他怔怔地看著那道清楚的割痕，聽見外面傳來爆笑聲，想到美麗……

他的頭沉重地垂下來，一邊用受傷的手關水，一邊無聲地飲泣起來。

「健壯——」美麗在高聲叫，從客廳那邊，「健壯，可以上水果了。」

他把水果盤端上，開始感覺手的傷口在抽痛。美麗的媽說：

「健壯，下次把柳丁要切細點，你知道爸媽的牙齒都不行了。」

「好。」

美麗用牙籤剔牙，一手還遮著嘴。

她打了個嗝，懶懶地說：

「健壯，打條熱毛巾好不好？」

「好。」

美麗的爸爸瞇眼看著高健壯的背影，說：

「他是誰？」

5

飛飛睡得那麼熟，高健壯幫他換尿褲的時候，他都沒醒來。沉沉地睡著，均勻地呼吸，偶爾睫毛還顫動一下。

換下潮濕、有氣味的紙尿褲，穿上乾燥又乾淨的紙尿褲，「爸爸樂」牌品質最好。高健壯又拉扯飛飛肥短的四肢，為他穿上睡袍，然後照例將小熊寶寶擺在枕頭邊，拉上小花毯，親一下他天使的臉龐。

關了燈，輕輕闔上門。

躡手躡腳地走向廚房，經過臥室，美麗在床上翻了個身，用朦朧的鼻音說：

「不要清了！留著明天吧！先睡啦！」

高健壯沒應，他怕驚動隔房的國梁一家子。

骯髒的碗碟從水槽一直疊到窗台上，剩菜一盤一盤的，有的擱在冰箱頂上，有的甚至就擺在地上。地面黏黏的，光腳踩起來非常不舒服。整個廚房散發著油膩的氣味。

離桌時，大家都搶著要幫忙，每個人手裡都端著盤啊碗的，推推擠擠地扎到廚房來。是哪個人手裡滑下了一只瓷湯匙，清脆地破碎，美麗才大喊：

「都走開都走開！讓健壯處理就好，他會。」

健壯滿頭汗，廚房熱得難受，他巴不得所有的人都出去：

「到客廳去看電視吧！一個廚房容不下兩個主人哩！」

客人也就一哄而散。

現在，有一隻蟑螂，抖著兩條神氣的長鬚，鎮靜地爬過一只黏糊糊的盤子邊緣，然後在水龍頭的金屬上停下來。轉動著雷達天線似的觸鬚，牠盤踞在那裡，不動聲色地盯著高健壯。

高健壯拿起一本《傅培梅食譜》，對準了蟑螂，正要狠狠劈下，蟑螂早一步展開雙翅，像蝙蝠俠一樣陡然騰起，往高健壯的眼窩撞過來；被撞得頭昏眼花的高健壯，倒不怎麼在意蟑螂撞過來的力量，只是清楚地感覺到蟑螂的多毛的六隻細足好像還在他鼻梁上抓了幾下，令他覺得噁心不已。

他不敢再碰牠。《傅培梅食譜》歸架。

那隻蟑螂又回到金屬水龍頭上，用雷達般轉動的觸鬚，監視著高健壯一步一步將整個廚房洗淸。

6

高健壯走進臥室的時候，瞥見美麗那邊的鬧鐘上指著一點半（鬧鐘在美麗那邊，因爲她是個「賺麵包回家」的人。每天早上七點鬧鐘開始鬧的時候，美麗都會對身邊躺著的男人說：「你眞好命！不需要面對外面人吃人的世界！」她說這話時的語調很奇特，一方面是嫉妒，一方面是鄙夷。）

高健壯在床沿坐下，床隨著他的體重往下一沉，美麗翻過身來，眼睛仍閉著，「嗯？」

「我有話要跟你說。」高健壯低低地說。

「嗯？」

高健壯坐在床沿，背對著妻子。他光著上身。雨後的月光從窗外照進來，剛好照亮了他弓著的背影。

「我有話要問你。」

美麗終於醒了。她擁著薄被坐起來，甩了甩蓬鬆的頭髮，褻衣的細帶從她豐腴的肩上滑下來。

「什麼？」她仍用半堵塞的鼻音說話。

「你說嘛！」

高健壯旋過身來。

「怎麼了？」

美麗驚訝出聲，她看見了丈夫臉上的淚水。淚水不知怎麼使她衝動起來，伸手就去摸男人胯間的肉。

「你怎麼了？」她黏黏地說，半閉著眼睛，感覺手掌間膩滑的觸摸，腦子裡掠過白天年輕人包裹在牛仔褲管裡的堅實彈性的腿。

「他——」高健壯聲音哽咽，「他今天來過。」

「誰？誰來過？」

高健壯把眼淚吞進肚裡，很困難地，說：

「李——李大偉。」

美麗倏地抽回自己的手，往後頹然翻倒，眼睛看著天花板。

「他來幹嘛？」

「他說，他說他和你有關係——」

高健壯跳起來，激動地想狂喊，又怕隔壁的客人聽見，他幾乎要嗆到：

「他說，你要對他負責。」

美麗露出不可思議的神情，戒備地說：

「我要對他負什麼責?莫名其妙。」

「美麗!」高健壯曲著一條腿坐到床上去，凝視美麗的眼睛，發出絕望的呼喚：「美麗!」

「美麗，是眞的嗎?你跟他上床了嗎?」

美麗不作聲。

高健壯把頭埋在手掌中，崩潰地啼哭起來。

美麗把手放在丈夫後頸，希望藉用撫摸表達一點歉意。

男人卻突然急劇閃開，恨恨地說：

「你知道你要承擔後果嗎?」

他的眼睛噴火。

「李大偉懷孕了!」

美麗噗哧笑出聲來，勉強忍住，說：

「你怎麼知道?」

「我怎麼知道?我怎麼知道?你問我怎麼知道?」

高健壯從床上蹦下來，兩手在空中比劃，踱來踱去，他實在氣壞了：「我怎麼知道?人家把醫生的檢驗單都給我看了。人家已經有八個禮拜的身孕。」

「健壯，」美麗嚴肅地整一下臉色，站起來拉丈夫的手，「男人，不會懷孕。公雞，不會生蛋。」

「男人不會懷孕?男人不會懷孕?男人不會懷孕需要你來告訴我?」高健壯激動地揮舞著手臂，太急，口水多得噴了出來。

「他說他也嚇壞了。他去三家醫院檢查過，榮總三總台大，結果都一樣，positive，你知道嗎?positive!po——si——ti——ve!」

兩個人突然沉默下來。事情的嚴重性超過他們的想像。

隔壁傳來一聲咳嗽。

遠處有一隻雞在啼，喉音很奇特的一隻雞，隱隱傳來，有一下沒一下的，好像讓什麼掐住了喉嚨。

高健壯跌坐在床上，他的黑框眼鏡不知什麼時候掉在地上。他嚶嚶地哭起來，悲切而絕望地。他沒想到他終究也躲不掉這屬於男人的悲情命運。

美麗遲疑地走近來，將手擱在他的抽動的肩上，低聲說：

「我對不起你。」

一點溫柔使高健壯哭得更淒切，從哽咽變成壓抑的號啕。美麗反倒緊張起來，喝斥道：

「嘿，你會把哥哥他們吵醒——」

高健壯捂著嘴，抽抽答答地：

「李大偉說你不認帳他就，他就要鬧開來。你說我以後怎麼，怎麼做人——嗚——我到底有什麼地方不好，什麼地方——嗚——對你不起……」

美麗知道，這個時候要耐心，耐心，她在丈夫耳邊說：

「我從來沒嫌過你，傻瓜，跟李大偉只是逢場作戲，你也知道嘛，女人有時候是忍不住的，不代表什麼嘛！我還是很顧家的，出差都很少，跟李大偉只是一次，酒喝多了，純粹生理反應，一點感情都沒有——你一定要相信我，夫妻同林鳥呀……」

高健壯感到頸後美麗的呼吸，他的哭聲稍弱下來。

「問題總是可以解決的，」美麗決斷地說，「大不了花點小錢，把孩子切掉，補他一點，不就沒事了嗎？」

美麗用兩片嘴唇——一片像彩虹魚，一片像肥豬肉的嘴唇，輕輕含著高健壯的耳垂，一隻手又伸到他短褲裡頭又捏又弄的。高健壯起先抗拒著，把她的手撥開；美麗知道時刻的重要，工作的訓練使她慣常地作出正確而果決的判斷，她堅持地將手又伸進他褲襠，把意志力集中在手指，作擠牛奶的連續動作。

高健壯情緒漸漸平靜下來，下腹漸漸勃起。

愛人比被愛幸福。

外遇

他怎麼能那麼快樂？她守著婚姻，

也許是一個發霉的倒楣的婚姻，

可是她忠實地守著它。

男人憑什麼把他的快樂

建築在她的痛苦上？

他有什麼快樂的權利？

眉香正要上廁所，瞥見明義的公事包像個沙鍋魚頭似地張著大嘴打開著，她心裡一動，走過去，在裡頭迅速地翻了一下。兩封信，粉藍色的信封，完全不屬於一個銀行經理的公事包，落在她手上。信封上斜斜地寫著「Confidential」，李明義經理親啓，中正路八十三號華南銀行。

明義在臥房裡換衣服，哼著歌。她覺得血往臉上衝，心跳得厲害，膝蓋發軟。幾個月來懷疑的事，馬上就要揭開了，她慌張，覺得大禍臨頭，聽到明義向這邊走近的聲音，急急逃向廁所。

鎖上門，在馬桶上坐下來，像一個病人般的虛弱。

「眉香！」

「哎！」她提起力氣答應。

「我的拖鞋在哪裡？」男人在客廳裡喊著。

「洗了，」她說，「在陽台上曬著，應該已經乾了。」

「什麼？」男人就在廁所門口，「你大聲一點。」

眉香又說了一遍。男人哼著歌走開了，他愉快地像隻小小鳥，她想。

廁所的磁磚地上凌亂地堆著報紙，花花綠綠的時報影藝版；明義坐在馬桶上就必須看這一版，「最輕鬆，」他說，「幫助排泄。」水槽底下的瓶瓶罐罐是她學雕塑的材料。小女兒上了大學之後，不願意再和姐姐同房，眉香於是將自己的工作房讓了出來。所謂工作房，是她從前燙衣服，補襪子，擺裁縫機的地方；孩子們大了，她開始學雕塑，開服裝店之後，房間裡就堆滿了布料和美工刀之類的工具。工作房沒有了，這些東西就流向陽台和七七八八的角落，譬如水槽下這一塊可貴的空地。塑料飄著一種香氣，像口香糖，也像指甲油，還不難聞。

她沖了馬桶，蓋上蓋子，又坐下來，兩封信一直捏在手裡。水聲嘩啦嘩啦的，她閉起眼睛，覺得全身發抖，透不過氣來；馬上就要知道是誰了，馬上就要知道是誰在電話那一頭不出聲就掛掉，是誰在他的記事本的空白頁上畫了一顆心。馬上就要知道爲什麼他出差回來口袋裡有兩張車票，飯店的帳單上有兩人份的開銷，馬上就要知道他爲什麼突然穿起粉紅色的襯衫，爲什麼對著鏡子就直吹口哨，爲什麼那麼愉快灑那麼多的古龍水！馬上就要知道了……

眉香愣愣地盯著浴缸。這個浴缸越來越小，因爲丈夫的體積越來越龐大。他一躺下去，水就滿出來，流到地上。每次水一流出來，她剛好將他換洗的衣褲拿來，就要叫，「你就不能少放點水嗎？」他心滿意足地沉進熱水，她就想起曹植量大象的故事，溢出來的水等於他的體重？還是，留在缸裡的水才是他的重量？她搞不清楚。辦公室坐久了，男人的肚子越來越肥厚，她是確定的。晚上壓在她身上，常讓她覺得窒息，做愛是義務，不是享受。

「喂！」他又來到門邊，「你孵蛋嗎？」

「女兒們今天不回來了是不是？」

「肚子不舒服，」她啞著聲回答，聽起來像哭，「她們學校露營，明天回來。」

「那我先吃了。」

「好。」

拖鞋啪啦啪啦過去。

我的小小哈巴狗：

我今天的心情是粉紅色的，哈巴狗知道為什麼嗎？

猜猜看還有哪裡是粉紅色的，除了心以外！

你的沒有爪子的母老虎

我的小小哈巴狗：

下星期六你可以出差嗎？

小貓咪想出去走走，跟你天涯海角。

你的甜蜜的睡不著的小貓咪

眉香的手虛軟地垂下來，背靠著水箱，腦子裡昏昏的，不知道該想什麼。信紙上端印著公司名號：益興紡織廠，新市鎮中山路二二八號。美鳳，怎麼會是美鳳！不是昨天才和她通電話要到店裡來看衣服嗎？她說了什麼？天哪！她說了什麼？她說，她幫剛結婚的朋友買絲質內衣，黑色鑲花邊的，連身束腰的那一種。她說她星期一晚上可以早點下班過來，「我們也好聊聊，」她說，然後就笑了一陣。她還問，對了，她還問，「你老公好嗎？」眉香說，「就是這樣嘛！很忙，常出差！」美鳳又笑一陣，有點莫名其妙的，但她就是那樣一個人，想不出話說的時候就用笑來塡補空間，好像是個害怕安靜的人，而她笑起來其實並不好看，有點暴牙，兩邊的虎牙又特別尖銳突出，笑起來就難免有點靑面獠牙的味道。個子特別嬌小，恐怕一百五十公分都不到。若是只看背影，會以爲她是個小學五年級的孩子。又瘦，整個人看起來乾乾的，是誰說的？「不開口就知道是個老處女！全身缺水。」

哎，這不正是明義的話嗎？有一天他下了班來店裡接她，美鳳正好在，不是嗎？那一定是個星期二了，因爲每個星期二晚上她有雕塑課，明義總是先來把她送去東寧路再回家。三個人在店裡聊了一會兒，美鳳說她們廠裡作西裝的毛料特別好，她似乎還摸了摸明義的西裝袖口，試圖推斷那是什麼質地的料子，還說哪天她可以帶布料來讓他選。那天明義情緒很壞，她記得，因爲晚上在床上他說起一筆來去不明的款項，顯得很擔心，而第二天消息就上了報。後來他們熟識的一個經理被撤了職，提心吊膽了好久的李明義反而補上了經理的缺。對升遷原本已經絕望的丈夫在天上掉下了這個好運之後，就像換了個人似的，每天早上不再怨天尤人，咕咕噥噥爲什麼就偏偏他得早起。當上經理之後，他對著鏡子打領帶時一定哼著歌。不對，他究竟是在升經理之後還是在有外遇之後開始哼歌的？

難道，他開始哼歌——不是因為升經理，而是因為有了美鳳？

眉香怔怔地想著，兩隻手捧著下巴。馬桶抽水停了，浴室靜得出奇。一只鐘在牆上滴答滴答響著，好像在測量她思考的速度。「喂！」外邊的男人在叫，「你完了沒有？」

眉香無意識地說：「我完了！」

「什麼？」

「沒事！」她站起來，把信塞進褲袋，扭開水龍頭，讓水嘩啦嘩啦沖著。外邊丈夫說的話她因此沒聽見。

她出來的時候，發現房間空蕩蕩的，丈夫顯然出去了，她鬆一口氣，知道自己還有一點時間把事情想清楚。不能忍受進入兩個人的卧房，因此折進小女兒的房間，掩上門。讀大一的女兒是個文藝少女，牆上貼著長長短短的詩句和箴言。「要築夢，也要踏實」，「對你自己負責」，「勿草草人生」，「不要問他為你做了什麼，問你為他做了什麼！」，「青春不要留白」。她面對著一面鏡子坐下，鏡子旁掛著一塊麻布，帶孝人穿在身上那種深褐色的麻布，麻布上有一行毛筆字「認識你的玫瑰花嗎？對你的玫瑰付出多少你就得到多少」，落筆是什麼什麼齋的什麼什麼山人。

她嘆一口氣，看見鏡子裡的人；不出門就不化妝的她，在這個星期六的下午，看起來臉孔蠟黃粗糙。額頭眼角爬滿皺紋。嘴唇蒼白乾燥，還有一點脫皮。她對著鏡子齜牙咧嘴，露出一排整齊潔白的好看的牙齒，那是花了好幾萬在日本做的假牙。頭髮，她用手愛憐地摸摸頭髮，因爲剛燙過，好像被火燒焦了一樣，髮尾焦得捲起來。

這，是一張五十歲的女人的臉孔！她瞪著鏡裡的人，五十歲的女人都是這樣的，我沒有什麼好慚愧的！她對自己說，說得很大聲，把自己嚇了一跳。

她開始化妝，像平常要出門時一樣，小心翼翼地一樣一樣來。女兒並不化妝，桌上的瓶瓶罐罐還都是做媽的人送的。先上粉底，均勻地抹在臉上，本來蒼黃的臉現在泛著一點粉紅的意思，可是毛細孔卻又顯得特別粗。然後撲上粉，把毛細孔掩掉。在畫唇之前她先塗油膏，並且用牙齒咬掉唇上一塊乾燥的皮。畫眼線的時候，她把臉湊近鏡子，想看眞切些，卻突然停下動作，這一切，包括自己堵死在心裡的難過的情緒，這一切都有點似曾相識的感覺……

不就是讀家專的時候嗎？同班的夏雪麗和劉大同偷偷約會了一次，被她發現了。被背叛的痛苦她原來是知道的。和夏雪麗那麼好，每天彼此相等著去吃飯，睡一張床談話到天亮，那麼好卻擋不了她去勾引劉大同——當然，也可能是劉大同找她，但是誰勾引誰並不重要，背叛就是背叛。眉香在自己床上哭得死去活來，發現，被人背叛是人間最痛苦的情感，這種痛苦經驗過後，人就無所畏懼，因爲不再有比被背叛更大的痛苦。她才十九歲，她承受住了。就當原來的自己已經被撕掉死去，問題由一個全新的自己去應付。她應付得很好。白天仍舊和夏雪麗手牽著手去餐廳吃飯，晚上仍舊和劉大同去咖啡館約會，只是在心裡對自己發誓，絕不原諒背叛自己的人，而且絕不做那背叛的人。

兩者，她都做到了。夏雪麗不久就被學校勒令退學，不得不轉到外縣的學校，和她，和劉大同，都斷了關係。走的時候哭得兩眼紅腫，抓著眉香的手捨不得放。眉香和劉大同，卻也沒有緣分，若是早知道和劉大同也不會有結果，眉香或許不致做得那麼絕，可是，誰能預知未來呢？誰知道劉大同後來會出車禍呢？她沒有理由懺悔自己做的事情。夏雪麗和她一起去逛台南最大的百貨公司，和往常一樣，她們只是走走逛逛，裡面的東西誰也買不起。和往常不一樣的，她趁夏雪麗上廁所的時候在她包包裡塞了一件價值上萬的絲裙。夏雪麗還沒踏出百貨店的門就被偵探一把抓住了，事情還鬧得眞大。眉香，一直很鎭定。雪麗留在宿舍裡的行李還是她打包寄走的。

才將眼線描好，精準細黑的一條，不提防眼淚卻流了下來，大把大把很多的眼淚。尙未乾的眼線暈蕩開來，染成兩潭黑墨，掛在眼下。她丟下畫筆，索性趴在桌上痛哭起來，不，這不一樣。十九歲和五十歲不一樣。她已經給了這個男人大半輩子，而且她是一個不錯的妻子。家專培養出來的她能烤蛋糕能裁衣服會打毛線；長得不算特別出色，總算整齊，帶出去也從沒教他丟過臉。要說責任心，孩子小時，她全心全意帶孩子，孩子大了，她經營服裝店也弄得有聲有色，從一個兩公尺寬擁擠不堪的店面變成現在明亮寬敞鋪著原木地板的高級舶來品店，不是人人能做的事。櫥窗已經做好，就等買到體型別致的模特兒，她的精品店將是中正路上最有格調的服飾店——這些，他難道看不見嗎？學人體雕塑，沒有多久就和老師一起參加作品展。她的個性裡有一個優點：一件事情一旦開始了，她一定鍥而不捨做到底，做盡最後一個細節。雕塑老師讚美她捕捉線條的精準和細心：「眉香的手可以做外科手術。」她的店裡擺著幾尊半截的裸女像，每一尊由天花板上隱藏的燈光照著，很有小小藝術館的氣氛，多少男人羨慕他有這樣能幹的老婆，他會不知道？

要說照顧他，開店之後固然忙一點，週末不也全耗在他身上嗎？男女之間的事，她也從來不曾拒絕過他。激情當然沒有了，可是他們已經是二十幾年的夫妻，沒有激情也是自然吧？吵架，當然也吵，他覺得她太斤斤計較，她覺得他太無所謂，可是哪對夫妻不吵？所謂斤斤計較，也不過芝麻小事。譬如她擠牙膏，一定從牙膏管底端擠起，一節一節往上，到最後完美而徹底地擠空一條牙膏。她極受不了丈夫的隨便，看不得一條牙膏被擠得歪七扭八的。比較認眞的爭吵，也不過像上回租他們房子的人慢了一個月的房租，眉香就把水電切了，明義覺得她過分，可是事實證明，切水電絕對有效，那房客第二天就來補了房租，明義啞口無言。再說，兩個人之間沒什麼話好說，可是又有誰在一起活了二十幾年還有新鮮的話沒聽過，沒說過呢？把一百個男人放在一間黑室裡，她都能辨認出他咳嗽和放屁的聲音，這不就是夫妻嗎？他究竟要什麼呢？

我沒有對不起他。

眉香猛然抬頭，看著鏡子裡自己的臉，粉和油膏稀稀糊糊地黏著，混著鼻涕眼淚，她抹著眼淚喃喃地說：我沒有對不起他，是他對不起我。

是他對不起我。想到丈夫穿著粉紅襯衫對著鏡子打領帶邊哼歌的輕佻樣子，眉香感覺到刺心的嫉妒，不是對美鳳，而是對丈夫——他怎麼能那麼快樂？她守著婚姻，也許是一個發霉的倒楣的婚姻，可是她忠實地守著它。男人憑什麼把他的快樂建築在她的痛苦上？他有什麼快樂的權利？

也太遲了！現在說誰對不起誰，也太遲了！事情已經發生，要怎麼解決？怨懟沒有用，問題要解決，解決！

眉香設法回憶她所讀過的小說，小說裡到處有外遇的情節，可是書到用時方恨少，她現在記得的故事，女主角好像都是年輕貌美的女人，年輕貌美的女人趾高氣揚地離開不忠的丈夫，自己去賺錢，自己去生活，還可以再找個丈夫，比以前的更好，幸福快樂地過新的一生，天哪，我哪裡還有新的一生？哪一個外遇的女主角是個五十歲的女人？

眉香把頭重重埋在手臂裡，閉上了眼睛，她覺得異常地疲倦，虛脫。是的，我也想離開他，用離開來懲罰他，看他沒有我要怎麼活！

可是他也許活得很好。

那麼我自殺，看他怎麼受良心折磨，看他怎麼面對社會的譴責！

我自殺？我爲什麼要自殺？該死的是他們——是她。

離開他！反正孩子都能獨立了，你有你自己的店，做一個堅強的單身貴族！

讓那個不知廉恥的女人坐享其成？和他辛苦打拚的是我，消耗了青春的是我，成果卻由她來享？讓她作經理太太，我變成離婚棄婦？我的房子讓她住，我的床讓她睡，我的廚房讓她用？

堅強的單身貴族？四十腰，五十肩，我腰痠背痛，割了子宮，動不動就累，累了就感冒，一感冒就要躺床上，離開他，誰來照顧我？做一個病在床上沒有水喝，沒有藥吃，沒有人扶去看病的單身貴族嗎？一轉眼我就要六十歲了——誰聽過六十歲的單身貴族呢？

離開他，讓他們去快樂？我不幹，我不幹，老天爺，這不公平，絕對不公平！

是了，那天晚上，去上雕塑課的那個晚上，美鳳是搭了他們的便車的。「你們去東寧路？」她說，「眞巧，我住勝利路，就在附近。」明義就邀她一起坐他的車，而眉香客氣，讓她坐前面，和明義並肩，兩個人在前頭聊了一路。眉香坐在後頭，開始還傾身向前，保持三個人的寒暄，後來累了，就往後倒進座椅，任他們去談。就是那時開始的吧？

可是明義說：「看起來就知道是個老處女，全身缺水。」眉香白他一眼，嫌他刻薄。他們怎麼會開始呢？

西裝！一定是那套西裝。明義要陪董事長到德國開會，需要一套新西裝，對，想起來了，是她自己打電話給美鳳的，要求美鳳帶一些料子來讓她挑，美鳳很爽快地答應了，隔天就帶了好幾匹料子來到店裡，她因此請她吃日本料理，快吃完的時候，明義也來了，看到布料很高興，「美鳳小姐人眞爽快……」「哪裡，」美鳳說，「李先生應該到我們公司裡來挑，貨色眞的很多……」

對了，我明白了。她摸他的袖子，她笑，一直笑，一副極天眞的樣子，三十八九歲的人了，還作出少女的嬌態，還會伸舌頭，眨眼睛。我以爲是她沒結過婚的關係，誰知道……原來是一場計算。

對不起我的是她，徐美鳳。

門鎖轉動，眉香急忙三腳兩步地衝向浴室，打開水龍頭，勾下身子把水往臉上猛潑。丈夫在身後「咦」了一聲，「還在這裡幹嘛？」

她用冷毛巾敷著發熱的臉孔，淡淡地說：「沒什麼。」

丈夫伸過手來，摸摸她額頭，「沒生病吧？」

他的手掌大而溫熱，語調裡習慣性的親切，體貼，差點讓她眼淚又湧上來；她心底馬上就原諒了他；男人，是容易受引誘的。

「你到哪裡去了？」她回身掛毛巾。

「跟你說了呀！」他說，「去慢跑。」

她轉過身來，不可置信地望著他，這才注意到他一身運動裝，滿頭是汗。肚圍雖然大，顏色鮮艷的運動裝卻使他看起來充滿勁兒。一頂不知哪兒來的棒球帽蓋住了禿頭，眼睛閃著光，臉孔幾乎有點稚氣。幾十年不做任何運動，相信坐著比站著好，躺著比坐著好的他，有電梯絕不肯走一步樓梯的他，突然開始愛好跑步。她幾乎有點站不住；扶著洗手台，無限酸楚地看著丈夫，慢慢地說：「怎麼……怎麼想到要跑步？」

丈夫正費力地往前彎身，試圖用十個指尖去觸碰他十個腳趾。礙著圓滾滾的肚子，他只能伸到膝蓋。直起身來，臉紅得像要炸開，上氣不接下氣地說：「人生七十——才開始嘛！身體——還是重——要的，重要的。你也該做做運動。」

李明義進到浴室裡，不一會兒就響起他豪放的歌聲，混在嘩啦啦的水聲裡。

眉香把兩封粉藍色的信放回張開像沙鍋魚頭的公事包裡。

星期一下午，美鳳如約來到店裡。眉香發現她眞的變了很多，驚訝怎麼自己一直像瞎子一樣眼盲心盲。她踩著高跟鞋，穿一件軟綢的大圓裙，等著風來就飄飄然翻動。從前覺得她乾瘦，現在只覺得她滿面風情，狹長的眼角蕩漾著要滿溢出來的春意。暴牙，不知是否經過矯正——不太可能，因爲矯正是長期的事——不管怎麼樣，她連牙也不暴了，兩顆虎牙倒顯得俏皮，有個性。

眉香早早關了店門，端出早準備好的酒菜，和美鳳對飲起來。或許因爲心虛，美鳳似乎對眉香的誠摯貼心地感動，酒喝得特別爽快，仰頭一飲而盡。

「明義說過，」眉香一邊布菜一邊說，「他就喜歡你的爽快。」

「是嗎？」美鳳咯咯笑著，甩了甩長髮，風情萬種地說，「他眞的那麼說嗎？」

美鳳挑出來的細肩帶黑色褻衣還沒包起來，懸在衣架上，掛在穿衣鏡前。眉香瞄了衣服一眼，問道：「幫誰買這麼性感的衣服？」

美鳳嬌嬌地笑，「一個朋友。」她仰頭喝酒，「一個愛玩的朋友。」

沒有幾杯，美鳳就不勝酒力了，她舉著杯，口齒有點兒不淸地說：「眉香，你——你實在太好——太好……」

她軟軟地趴向桌面，頭，負荷不住地沉向右手臂彎，臉龐向著眉香，閉起眼睛。嘴角含著一點未完的笑意，看起來醉態可掬。

眉香從儲藏間裡拖出她的工具箱，掀開蓋子，檢查了一下：美工刀，銼子，錐子，起子，榔頭，該在的都在，滿意地點點頭。還有剪刀，還有明義的刮鬍刀片；頭髮得剪掉，剃乾淨，否則會凝成一塊一塊的，不好處理，液體石膏凝結得極快。石膏粉是今天送來的，已經擱在後間浴室裡。三十公斤，分成三包，本來只訂二十公斤，後來想到美鳳體型袖珍，也許要在石膏液裡滾上兩回，於是又加訂了一包。內臟處理比較麻煩，還好明天一大早垃圾車就會來。她買了十個厚重的塑膠袋，免得巷子裡的野貓在垃圾車來之前扯個稀里糊塗。讓體腔撐起來，她只需要用來掛衣服的一管鋼柱。

她穿上剛洗過的藍布圍裙，在腰後打一個結，然後坐上高腳凳，撥了電話。

接電話的是小女兒。

「孩子，是媽媽，」她溫柔地說，「吃過晚飯嗎？」

「嗯。」

「告訴爸爸我會晚回來，」她說得很輕，似乎怕吵醒美鳳，「就說我要自己塑一個模特兒。」

放下電話，她開始認眞工作。

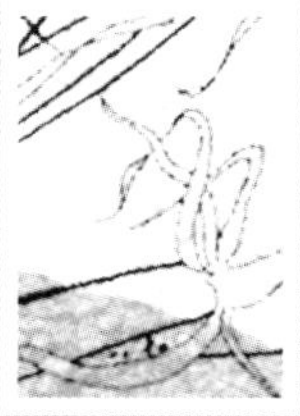

看鳥

她正要舉手敲門，門已經打開。

她低低地叫出聲，

開門的年輕人一把將她摟進去，

像飢餓的猛獸沒頭沒腦地

用力吸食懷裡嬌小的女人。

同時用腳往後踢門「碰」一聲關上。

公雞啼的時候，天還濛濛未亮。雞啼在菜園裡響起，涼涼的，孤單的，像蛇身滑過潮濕的草叢。邱郭秀花翻了個身，頭埋進枕裡，閉著眼；她和往常一樣，等著鵝叫。當鵝開始叫的時候，也不過是清晨五點。邱郭秀花就會起來，拉開紙門，趿上拖鞋；輕手輕腳走進廚房，淘米煮稀飯。人口旺的時候，也就是說，丈夫還沒去香港開分店，阿雄和意雲還沒分家出去，妹妹還沒去美國讀書的時候——「妹妹」其實念作「美眉」，他們這麼稱自己的女兒——她待在廚房裡的時間比較長，因爲妹妹要帶便當。便當的內容每天要換，妹妹不能忍受兩天吃一樣的東西，而丈夫是個西化的人，老人每天要吃稀飯，他卻時不時要土司加牛奶煎蛋，蛋黃要保持流質，他說了又說。邱郭秀花憑經驗摸出了一個訣竅：大概在蛋黃像鼻涕的濃度時，把火關掉，就是阿昆想要的流質。

秀花插上電鍋，悄悄折向裡間。廊道黑黑的，前段還聽得見牆上掛鐘滴滴答答的聲音，後半段就被阿爸呼嚕呼嚕的喉聲遮了。喉裡似乎塞滿了濃痰，在喉管裡費力地拉扯上下。秀花小心地將門推出一條縫，耳朵湊上去，傾聽了一會兒，又將門輕輕拉攏。房間裡衝出來的藥味，還有說不清楚只是屬於老的氣味，讓秀花狠狠打了個噴嚏。服侍阿昆他爸爸這麼多年，秀花熟悉阿爸好像一個小女孩熟悉她的洋娃娃。

邱郭秀花幫老人剪指甲——老人的指甲厚得像石塊，黃得像骨董，不管什麼東西，老了都要變黃吧。邱郭秀花幫老人梳頭，那是總共十二根細細軟軟的頭髮，木頭燒成灰的顏色。邱郭秀花幫老人刷牙，一排假牙擱在杯子裡浸泡過夜，撈起來沖水。她用一把孩子用的細小牙刷裡層外層各刷一回，當然要用牙膏；老人的下排牙齒，沒有人相信，九十二歲了，還是眞牙！而且一顆不少。

有一天，秀花正彎身待把牙刷伸進老人的嘴巴（老人通常坐在客廳中他專屬的躺椅裡，面對著窗外投進來的晨光，仰起頭，張大嘴，「啊——」，說「啊——」），秀花的手遲疑了一下。她突然發覺老人的牙似乎長長了，一顆一顆牙像墓碑一樣豎起來，看起來特別猙獰恐怖。

她只愣了一會兒，就明白過來：不，不是老人牙長長了，是老人的牙床長矮了。因爲牙周病，牙肉下陷，牙齒自然顯得長。秀花有點得意起來，畢竟是護專畢業的，雖然結了婚之後沒工作過一天，常識還是比別人多。她試圖想某一句成語，和牙齒有關的，好像是什麼「年齒漸長」還是「馬齒」什麼的，原來還有科學根據。她細心地將老人牙縫間的殘菜挑出來。當老人散發著令人喜愛的牙膏清香的時候，秀花將上排假牙熟稔地裝進老人嘴裡，老人表示感謝地對她微笑；他將嘴唇上下翻動，好像是不隨意肌的蠕動，做媳婦的於是注意到兩排牙顏色差異之大，上排雪白晶亮，下排黑黑黃黃。老人咧嘴笑時，只露出上排美麗的假牙，看起來像戴著面具在笑。邱郭秀花突然想起和老人長得極像的兒子阿昆，阿昆老的時候，如果她還在，當然由她照顧至死，可是她若先走呢？譬如婆婆；所有的人都以爲阿爸命在旦夕——不過他也確實命在旦夕了好多年，他站起來，家人就以爲他馬上要倒下去；他倒下去，家人就以爲他再也站不起來——所有的人都以爲那成天高高興興的婆婆會成爲人瑞，到一百歲的時候，總統會來為她慶生。可是她硬是先走了，跟誰也沒約好就先走了。還不到七十五歲。也正因為沒有約好吧，走得那麼不安心。

婆婆沒有力氣將頭轉過來看她，只是抓著她手；嘴唇似乎動了一下，卻只發出「嚇嚇」的喉聲。婆婆用最後一絲氣想和媳婦說什麼。

秀花的手緊緊地回握著，極用力，極溫柔地回握；然後感覺生命從手掌裡一寸、一寸消失。死人的手有奇怪的質感，像橡皮手套，還有暖意。用另一隻手，她覆下死人的眼皮。輕輕地覆下，像為疲倦的孩子催眠。十多年相處，這她叫婆婆的女人不曾說過一句難聽的重話。端茶給她，她說：「道謝！道謝！」菜燒鹹了，她說：「是豆油太鹹！」阿昆對妻子大聲吆喝，她說：「有話不會慢慢講，你起魈嗎？」小產臥床時，她幫洗衣服，連媳婦換下來的內衣內褲一起搓，然後曬在陽台上。跟她結伴到北港進香的阿婆皺著眉頭批評她，「真沒款！這樣沒大沒小！」婆婆只是笑笑，「攏是女人嘛！哪有要緊。」節慶到了，她蒸好了紅龜，包好了禮品，總是在媳婦開口以前就說：「轉去看你老爸！」

在建築系當講師的阿雄剛從台南趕過來，站在床的那一邊，瘦瘦高高孤孤伶伶的。不知怎麼，一個破舊的背包還搭在背上也不卸下。他一隻手抓著背包的肩帶，一隻手抹著眼淚。眼淚不斷地流下來，手就老往褲子上擦。阿爸整個人像爛掉的蘋果皺成一小團，縮在輪椅裡，肩膀隆起，頭深深勾下來，幾乎像折斷的植物一樣，垂在胸前。

立在床頭一聲不響的阿昆，手和腳不知往哪裡擺的阿昆，背過臉去，開始哭泣。嫌窄的房間裡一股鬱悶，關著的門窗透不過氣。邱郭秀花把死人的手臂放進被子裡，密實蓋好，向丈夫走去，與他並立，手，伸過去讓男人握著。一個熟悉的感覺在她記憶的暗房裡亮了一下。是小學三年級的時候，邱昆榮因爲作業沒寫完被老師罰站。當所有的孩子都衝向操場去打躲避球的時候，郭秀花偷偷走到角落裡，將手伸給那個垂著頭正哭泣的光頭男生。

阿昆碰到她的手，像觸電一樣閃開；卻再也不記得哭泣。他緊閉著嘴，抬頭挺胸的站完二十分鐘下課時間。

婆婆的聲音已經乾掉，發出絕望的「嚇嚇」的喉聲，像來自最深最黑的井底。邱郭秀花馬上就知道婆婆想說的是什麼。她幾乎可以用整個肺替婆婆喊出來：照顧他們！替我照顧他們！

幾天之後，當她幫死者換壽衣時，她又想起婆婆那難以割捨的離去；婆婆死不瞑目，她知道，因爲阿雄尚未成家。那個責任，現在，落在她邱郭秀花的身上，責無旁貸，就好像眼前這換壽衣的工作，也非她不可。日光燈開著，清冷的光照得世界慘白。死者的臉好像從凍庫裡取出的肉，蒙著一層陰陰的白氣。牆上的電子鐘滴答滴答響得特別大聲，惡作劇似的大聲，滴答滴答，大聲得令人難受。她乾脆走過去三下兩下把鐘給拆了下來，塞進一張沙發底下，然後繼續工作。她脫下死者的長褲，手磕磕碰碰的，不停接觸死者的肌膚。上護專時也不是沒碰過屍體，但是這麼老，這麼風乾的屍體還眞是第一回。癌病死亡的婆婆已經空了，皮與骸骨之間什麼都沒有。鬆垮垮的充滿斑點的皮就這麼散在骨頭上，抓起來像一大塊用久了的抹布。

她退下底褲，死人的私處映在眼裡，竟然沒有毛髮，她暗暗吃了一驚，經過照射的人不只失去頭髮嗎？

阿昆打開門，伸進頭來正要說說話，瞥見母親的裸體，慌張地縮了回去，隔著門說：「還要多久？極樂的人來了。」

邱郭秀花還是慢條斯理地將死者打點好，將每一粒釦子釦上，袖子和褲腳拉齊。然後將兩手交握擱在肚子上。一身黑綢的婆婆現在看起來又是個端莊的老太太了，即使在淒慘駭人的日光燈下。

照顧他們！照顧他們！

可是誰又照顧過婆婆自己呢？

邱郭秀花從小凳子上站起來，瞥見桌上放大了的婆婆生前照片，照片下幾個墨黑的大字：邱母王太夫人。在短得說不清的一瞬間，邱郭秀花恍惚了一下，誰？誰是邱母王太夫人？她抬眼看看照片，和婆婆兩眼接觸的一刻，有如電擊，是她，是婆婆。婆婆本姓王，她竟然不知道！王什麼？門外人聲嘈雜起來，阿昆的聲音拔高穿進來，「秀花！秀花！」一聲比一聲急，她竟然沒想起婆婆的名字。

不過那並不重要。

重要的是有人料理你的後事。極樂社的人在客廳裡坐了一圈，和阿昆正討論葬儀的價錢。重要的是死了之後有人幫你換上黑綢壽衣。重要的是看見你死後裸體的人不是個陌生人。想到這裡，邱郭秀花心跳停了一下。一下。她和阿昆只有女兒，沒有兒子，沒有兒子就沒有媳婦，沒有媳婦，……誰來幫你換壽衣？

在丈夫身邊，她怔怔地坐下，兩手並攏放在膝上，丈夫說的什麼她一時沒聽進去；她正想到，我，我就是——邱母郭太夫人，邱母郭太夫人就是我，荒謬！她搖搖頭，彷彿在否認什麼，但是一種不安的感覺堵在某個角落，自己也不理解的一種不安，因爲不理解，所以排之不去；婆婆衰敗的裸身不知怎麼又浮在眼前……

「邱太太，棺材的木頭愛哪一款？」

我小學三年級就知道要娶你了。

阿昆顯得洋洋得意，爲自己有眼光而得意。許多年之後，婆婆死了之後，準確地說，在秀花才發現阿昆選擇她，恐怕還是因爲她和他的母親有什麼相像的地方！婆婆是個沒有自己的人，她把自己給了生命裡的三個男人，丈夫和兩個孩子。阿爸在台北住院那段時間，婆婆每天去照顧。阿昆剛到香港去打聽市場，秀花每天陪著妹妹準備高中聯考，婆婆決定一個人跑台北。她捨不得搭計程車——阿昆那個時候還不知道香港會給他們帶來一點財富——小腳放大的人走路不快，她得先步行十來二十分鐘到巴士站，坐巴士到桃園火車站，搭了火車到達台北，再從台北火車站換公車到市立療養院。走路，等車，換車，坐車的時間加起來，一趟就要花掉兩個小時，來回四個小時還不夠。秀花一覺得自己能走開，就陪著她顛顛簸簸地一路趕去。運氣好的時候，張勇杰會開車來送她們過去。張勇杰是阿雄讀研究所時認識的一個朋友，一個肌肉結實，安安靜靜的年輕人，在建築公司上班。人不太說話，說話的時候看著你的眼睛卻那樣專注固執，盯著不放。

張勇杰。秀花嘴裡默念著，多麼男子氣，多麼有氣質的名字！車子到了醫院，張勇杰會繞過來幫婆婆開門，扶著老人家出來，然後和秀花握手道別。在秀花的圈子裡，男人和女人是不握手的，大不了點個頭。這張勇杰卻慎重其事地過來和她握手；手的掌握緊熱密實，讓秀花感覺到自己的手小。

幽暗的走廊藥味撲鼻，阿爸由兩個護士扶著，緩緩走過來。護士的白帽向兩邊翹起，像兩條小船；年幼的那一個有著一雙大眼，令秀花多看了她幾眼，好像在一張舊照片裡驀然發現過去的自己。畢業之後在八〇四醫院實習時，也曾扶過一個又一個的老人走向一群又一群等待的家屬；可是那個時候從沒想到自己有一天會站在家屬的那一頭。就像這個大眼睛的小護士——她哪裡知道什麼樣的未來在等著她呢？眼光飄到阿爸身上，秀花嚇了一跳。兩個星期不見，他更瘦了，護士不扶著，他會被空氣托著浮起來。眼睛只是兩個黑窟窿，目光呆滯，動作遲鈍。秀花悲哀地想著，用藥的結果！可是不用怎麼辦？

護士將老人擱在椅子上後離去。婆婆坐下來，將包袱提到桌面上，打開。多少年了，她仍舊喜歡把東西用一張紅紅綠綠大花布包起來拎著出門。秀花的媽媽早逝，但是舊照片裡那來自苗栗的婦人也拎著一個花布包。黑白照片看不出花色，大朵大朵的花樣是絕對沒錯的。

婆婆從布包裡取出一只空碗，擺著。取出保溫瓶，扭開蓋子，將瓶裡煨好的魚肉粥倒進碗裡，粥還冒著熱氣，散著香氣。她取出一只湯匙，舀了一口自己先嚐，確定不太燙，然後開始餵給病人。病人像個乖巧的小孩，把嘴張開。

秀花溜眼看了下這會客室，又嚇了一跳。一共將近十張這樣四方方的桌子，都坐滿了病人和家屬——病人竟然都是男的，不對，斜對面是有一個女病人，唯一的例外。年老的男病人或坐在輪椅中，或歪歪倒倒靠在椅子裡，像扁了的破輪胎。年老卻仍健康的女人們一旁陪坐，有的在和她們的老伴講話，有的則呆呆坐著，等時間過去，好像等了一輩子，很習慣地等著。有一個嗓門特別大的女人，恐怕也有六七十歲了，正在精力充沛地發怒：「這也不呷，那也不呷。給你講，後次不給你帶東西啦！人瘦得比如猴，還不呷不呷，夭壽喔……」說著說著甚至揚起手來好像馬上要一巴掌打下去的樣子。被罵的老頭腦袋歪向一邊，一動也不動。

直到他們離去，秀花還沒看出來究竟老頭的頭是暫時的累了還是永久的長歪了。

婆婆餵完了整整一碗粥，笑眯眯的，「不壞呢！昨天只呷半碗，今日攏總呷了了。這樣慢慢會肥起來喔！」

做媳婦的收了碗到洗手間去洗，回來的時候，看見婆婆緊緊依偎著阿爸的身體，一隻手不斷撫摸阿爸的手臂，一回一回地撫摸，像愛貓的人摸貓一樣溫柔。秀花有點尷尬地將視線移開；沒有，老實說，她從來沒見過老一輩的人親密過；她從來沒見婆婆和阿爸甚至只是牽個手，甚至只是肩並肩地靠在一起走過，沒有過！現在婆婆在大庭廣衆之下撫著他，撫著他。不說話，只是將手裡的體溫傳給他，傳給他，不管他知道不知道。阿爸的眼睛空空的。

秀花出神了。

然後有一天阿昆從香港回來了，遂一家人一起來看阿爸。除了阿雄，阿雄在馬祖當兵。妹妹受不了房裡的氣味，說是出去走走。阿昆堅持帶來的一束花，萎萎地躺在桌上；護士說沒有花瓶了。婆婆將碗啊瓢啊一樣一樣收進花布包裡，用力地打了兩個結，轉身坐到阿爸身邊，拉過阿爸的手擱在她膝上，說：「阿雄有寫信來，講伊軍營內的代誌。伊跟一個醫官很好，跟他學針灸……講回來還可以給阿爸醫病，眞巧的孩子，又古意……」她一面絮絮不休，一面撫摸阿爸的手。秀花突然注意到，啊！阿爸的手不抖了，眞的不抖了！

她正想回頭告訴阿昆，卻聽阿昆附在耳邊，熱氣呼在脖子上，說：「我小學三年級就知道要娶你了。」

阿昆默默地看著她梳頭。兩個人跪坐在榻榻米上，面對著面。陽光射進來，在地板上亮出一個方格，房間因而顯得暗，那一方強烈陽光竟然像一個軟綿綿沒有底的陷阱，掉進去就爬不上來；或者說，像另一個空間，與這個世界平行卻又錯開的詭異的空間，詭異得令人不敢靠近。兩個人剛好跪坐在白花花的方格的兩邊，在暗影裡。阿昆垂著眼簾，不知在想什麼。四十歲，他的頭開始禿，但是腦後的頭髮卻還濃密。走在街上，常有人突然回頭看他，這些人多半以爲自己剛和那個姓許的當過市長的人物擦身而過。

鵝群在下面聒噪，「嘎嘎」吼著，還猛力拍著翅膀。阿貴嬸總是在這個鐘點餵鵝，她從菜市撿來一簍又一簍的殘菜，把白鵝養得又肥又大。秀花常覺得不可思議，這個年頭了，桃園已經沒有鄉下。像他們邱家住的這一棟大廈，四處都是。大廈有十二層高，底下有警衛，進門處一個噴水池，噴水池裡一座假山。大廈底層是停車場，停車場上是室內游泳池。大廈有三面，像大螃蟹吃小魚似地掐著阿貴那矮墩墩的破敗的紅磚四合院。院子裡永遠有雞飛狗跳，把原始的農場的聲音和氣味對著大廈的窗戶放送。這大概是台灣最後一塊鄉下了。與其說邱郭秀花愛這棟大廈，不如說她愛後窗那雞和鵝的嘎嘎叫聲，還有那夜深時低低的狗吠。每一點聲響都使她想起苗栗鄉下的童年，想起那赤著腳餵鵝的母親。然後，總是在自己發現之前，眼淚已經流下來，很快地在枕上涼掉。天，往往就亮了。

她把橡皮筋拿掉，黑亮的頭髮垂下來，髮梢碰到她盤曲的腿。阿昆伸手捏住一節頭髮，說：「還是這麼亮。」

她沒有答話，只專心梳著頭髮，用手裡一把木梳，一道又一道爬著。

「她的頭髮很粗，」阿昆說，「沒你好看。」

秀花慢慢把頭髮盤起來，她的手臂高高撐著，寬寬的袖子滑落下來，露出細白的臂膀和腋下些許毛髮。阿昆望著她，動感情似地說：「眞的，她沒有你好……」

一盒化妝品禮盒擱在秀花腳邊；阿昆悄悄將它推近妻子。秀花覺得陽光曬到臉上了，很熱；方格像燈罩籠著她。她立起身，把百葉窗簾徐徐放下。房間暗下來。

「我還是跟以前一樣，每三個月就會回來一陣，錢也會按時寄來。我們之間一切都不變的，你放心。」丈夫在身後說，聲音好像隨著百葉窗簾的下降逐漸小，「生意開發的不錯，她幫忙交際，也懂一點會計。」

秀花離開窗口，走向紙門。她特意繞開一點，避免踩到地上的禮盒。拉開門時回頭說：「生的時候告訴我。」

或許因爲走道裡太暗了，她完全沒看到阿昆的皮箱橫在那裡。皮箱結實地絆了她一跤。邱郭秀花很快地站起來，匆匆走進廚房；到第二天，膝蓋裡的痛才隱隱發作。

「你就讓他去嗎？」意雲在廚房裡走來走去，走來走去，兩手一會兒插腰，一會兒揮動；鼻子噴著一團團火氣，「你就這樣讓他去嗎？」

邱郭秀花立在水槽邊，兩隻手浸在冒著肥皂泡的熱水裡，低著頭洗碗。水龍頭嘩啦嘩啦響著。

意雲是護專畢業的小學妹，在苗栗鄉下秀花就看著她長大，介紹給阿雄之後沒想到一拍即合。意雲卻堅持叫她姊姊，不稱嫂嫂。她有自己的理論：「我跟你的姊妹關係在先，對不對？總不能嫁豬就變豬吧？」

這個比秀花小個十來歲的小學妹現在正對她大發雷霆。「你不會吵，不會鬧，不會打架，不會把他眼睛挖出來，不會離開他嗎？」意雲怒氣騰騰地走過來，極跋扈地一伸手把水扭關了，大聲說：「阿姊，軟土深掘，就是你這種女人招人家來欺負！」

邱郭秀花突然停下手，不動。沒有了水聲，冰箱嗡嗡的顫抖聲就明顯地響起來。意雲不安了，正想說句好聽一點的話，看見秀花緩緩將手從水槽離開，扯下一條紙巾，擦手；慢慢地擦，慢慢地說：「阿昆，去香港有三年了！」

意雲有點摸不著頭腦，張大眼睛等著下文，秀花平靜地望她一眼，說：「阿爸的藥，帶來了嗎？」

邱郭秀花把用過紙揉成一團，準確地射進腳邊的垃圾桶，走了出去。

可是今天是個特別的日子。今天是結婚二十年來她邱郭秀花將第一次單獨出遊的日子。自從那次咆哮廚房之後，意雲就不再批評她，卻用邱郭秀花的名字向愛鳥人協會報了名，到惠蓀林場賞鳥，錢都幫繳了。「阿姊，」意雲渾身帶刺地說，「你不要管邱昆榮去死！我們女人也要自己會玩！我休假，可以來顧阿爸。」第二天，她不上夜班，就從醫院先轉到秀花這裡來，帶給她一個包好的禮物。

「什麼？」秀花小聲地說，阿爸剛睡下。

「打開嘛！」意雲把頭髮放下來，爲了戴護士帽，頭髮總是用很多個夾子夾得扁扁的。

「《台灣野鳥圖鑑》……」秀花好奇地翻著，念起來：「鵑形目，杜鵑科，全世界一百三十種，台灣七種。通常單獨活動……布穀——眼黃色，腰略帶褐色……於野柳及觀音日月潭曾捕獲……出現於平地至丘陵之闊葉林緣地帶……本身不築巢，亦不育雛，託卵於其他鳥種巢中……這我聽過，杜鵑是不講道德的鳥……」

她笑出聲，「你看這個……鷹鵑，長三十九公分……腮兩側黑色，呈八字形……尾下灰白色。常發出哀怨，悲戚，尾音微揚，急促以『哭夠了，哭夠了』之聲。」

把書闔上，「怎麼這麼好玩？」

意雲遞過來另一包東西。秀花小心翼翼地取出，是個黑色發亮的望遠鏡。

「看鳥，」意雲用力抓著頭皮，把頭髮前前後後使力地甩，一頭亂七八糟，嘴裡咬著一枝髮夾，斜眼睨著秀花，從齒縫間絲絲說，「也看男人的鳥。」

給阿爸的粥煨上了，秀花回到自己的和式房間，把被褥胡亂地塞進櫥內，回身拉開梳妝台的抽屜，不知怎麼拉的勁道太猛，整個抽屜被拽出來，灑了一地的東西；郵局存款簿，爲丈夫備用的胃藥，乾洗店的收據條子，大大小小的髮夾，指甲刀，去年的家用帳本……妹妹從美國寄來的照片攤在上頭。十八歲的妹妹是個美女，在台北街上每走一趟就有頭髮抹油的男人過來掏名片，問她要不要演電影，要不要拍廣告，要不要上電視。把她送到美國去學服裝設計，是希望她能學一技之長，不要就憑一張臉過一輩子。照片上的女兒撐著一把紅傘，嬌嬌地對鏡頭笑著；是誰幫她拍的照片呢？

秀花決定讓頭髮散著，穿上一件黑色的踩腳褲和運動鞋，然後對著鏡子裡的人笑一下；她的眼睛很大，有凹紋很深的雙眼皮，和女兒的一模一樣，只是女兒的眼睛飄飄然做夢似的，她的眼睛堅定而乾淨，好像認定了世界上已經不再有值得爭辯的事情，沒有一點懷疑和猶豫。

走到門口，壁上的鐘噹噹敲了六下。她折回廚房，彎腰在餐桌上給意雲寫了張紙條：「阿爸的救心在電視旁邊第一個抽屜裡。下午要推他到廟前公園去透一下氣。」直起身，發現望遠鏡竟然忘在餐桌上；她一把拎起來，快步地跑向門口。

邱郭秀花在愛二街下車，穿過一條小巷，從力行路出來。在一大片瓦礫地前愣住了：啊，才兩個星期吧，又是一棟舊房子給拆了；是那棟有圍牆，紅色扶桑花長長伸出來的日本房子！帶著釘子的木板碎片和殘破的榻榻米散置瓦礫之中，半截玩具熊埋在土裡。不要多久，稜角分明霸氣十足的現代建築就要在這廢墟裡站起來了。

她小心地穿過瓦礫地。

因爲抄了小路，邱郭秀花比預定的時間早了四分半鐘。她正要舉手敲門，門已經打開。她低低地叫出聲，開門的年輕人一把將她摟進去，像飢餓的猛獸沒頭沒腦地用力吸食懷裡嬌小的女人。同時用腳往後踢門「碰」一聲關上。

是個極窄小的房間，一張書桌一張床，一地凌亂的書報紙張。

邱郭秀花不可抵擋地喘著氣，她的聲音沙啞。

「一整天……今天有一整天……一整天……」

{輯二}

銀色仙人掌

在海德堡墜入情網

瑪黛亞以為她是為了愛而付出生命，

可是她的所謂愛，

也只不過是愛神為了利用她

而射出一枝箭的結果罷了，

她哪裡有任何一點滴的自由意志可言？

在機場外邊，我把車停下來；停得有點猛，我們驟然往前傾倒，我說，「對不起。」

他跳下車來，回身拖出行李，乾乾地說：「你不必下車。」

他轉身向大廳走去。肩上的旅行袋使他有點傾斜，我也注意到，他的腿，還是稍微內彎，O型腿。他的左手提著一個我為他買的小提箱，裡頭裝著素貞的骨灰。

我發動車，「唬」一聲衝上公路。這是個沒有速限的國家，也因此是個高風險的國度。左鄰右舍的人——北邊的丹麥、挪威、瑞典人、西邊的法國人、南邊的瑞士、義大利人，慢吞吞地將車開到邊境，一進入德國，就開始放縱狂奔。結果往往是車子開始冒煙、解體，這些車子不能適應突然的解禁；要不然，就是車毀人亡。

時速兩百公里，我在快車道上亡命似地奔馳，眼前稍慢的車一輛一輛往右線閃開，躲避我瞬間的逼近。心情不好的我，臉色鐵青，兩眼發直，手指緊緊抓住方向盤。指針爬到兩百三十公里時，我狠狠凝視前方的兩眼好像也已逼近死亡的衝動，和恐懼，我的額頭發燒。

四點半。現在，帕維爾在他的房裡開始等我。他也許點上一枝菸，把腿擱在茶几上，面對著門，等候我敲門的聲音。他不知道我不會出現。今天不會，明天也不會。

讓他去等。

進入海德堡市區，不得不慢下來，車子沿著河緩緩地滑行。那卡河流著茵綠的水，白色的天鵝閒閒地在水面垂柳間飄浮。有人在河邊脫光了衣服曬著太陽。

好像什麼事都沒發生呢，在這樣一個美好的下午。

素貞的頭，已經洗乾淨了——日爾曼人是個一絲不苟的愛乾淨的族群。她的頭擺在一張看起來像手術床的大桌上，白色的床單覆蓋著下巴以下，我看不出他們是否已經把頭縫到脖子上，或者在被單下，頭和脖子之間仍是空的，我也不好開口問；我是來認屍的。

長到四十歲，這是我第一次見到死人，不，其實是這第二次。第一次是十幾年前在台南醫院的急診室裡。父親被街上的野狗咬了一口，我帶他到醫院檢查，怕有狂犬病。

急診室裡擠滿了人。一個婦人高舉著自己的手，那隻手上的拇指被什麼利器切了，血淋淋地折倒下來，只剩下一點皮還連著她的手掌。一個年輕男人盤腿坐在地上，不斷地點頭，不斷地對進進出出的人大聲宣布：「中華民國萬歲！」

喊「中華民國萬歲」的人爲什麼來到急診室，我覺得實在奇怪。

然後有個擔架被抬進來，「哐」一聲摔在地上；擔架上躺著的是個兩眼空洞，嘴巴張得大大沒有牙齒的老頭。

有這種臉孔的老頭，你一看就知道是個獨居的老兵。

穿著白褂的年輕醫生蹲下來，從口袋裡取出小燈，撐開老頭眼皮晃了一下。

「死了！」

他說。站起來，走開。

老人兩眼睜著，白蠟蠟的，好像沒有眼珠，好奇的我走近瞧瞧，那兩隻眼睛像某個大門敞開的人家，只是裡頭沒有人。

可是，我怎麼不記得死人的皮膚是這樣的？素貞的頭顱，像蠟做的，很假，而且皮膚有點透明，似乎裡面是空的，那只是一個圓形的蠟殼。

檢察官問陳子銘要不要看他太太最後一眼——不是認屍，因爲我已經做爲報案人認過了——是問他要不要作爲紀念地看他太太最後一眼。陳子銘搖搖頭，檢察官點點頭。

子銘下飛機的那個晚上，在他的旅館房間裡，我就告訴他了。素貞的身體，在塑膠袋裡找到；素貞的頭，被丟在歌劇院後面大草坪，由一叢巨大的玫瑰遮著。

他閉著眼睛聽我敘述。

我是不是該省了這些細節呢？也許吧！可是，誠實是我的人生座右銘，討好而虛假地和老葉共同生活了八年，在我搬出的那一天，我發誓今生再也不忍受任何假的事情——假的愛情、假的誓言、假的善意、假的幸福。

現在，我也不給子銘假的慈悲。既然他的妻子是這樣死的，爲什麼他不該知道呢？如果素貞能夠忍受人家用鋼鋸鋸她的頭，做爲丈夫的陳子銘至少該忍受「知道」他的妻子被人鋸了脖子吧？他的痛苦能跟素貞比嗎？

「螞蟻爬滿了她的眼洞。」我再加一句，不眨眼地盯著他。

他緊閉的眼睛流下了淚水。淚水流過他唇邊的鬍髭，滴在他白色的襯衫領。這麼雪白的襯衫，而且顯然燙過。素貞不在的這些日子，誰幫他燙衣服？他的母親？子銘的媽是那種會在母親節被選爲模範母親的媽媽。丈夫在海上失蹤之後（在我們那個漁村裡，經常有人出了海就不再回來，有一次我們還在沙灘上撿到一條被魚咬爛了的泡得發白的人腿），她就在市場裡擺麵攤，乾麵、意麵、肉絲麵。子銘小的時候，她用一張小花被將他裹起來，緊緊綁在背上，空出來的兩隻手就可以下麵洗碗。

是上了小學之後吧，有人說陳子銘的腿是彎的。我們偷偷在他背後研究過，而後合聲說：「對，背著長大的小孩都有O型腿。」

上了小學的子銘是個剃了光頭，眼睛靈活卻不說話的小男生。他每天穿著油漬漬的卡其制服幫媽媽招呼客人；客人少的時候，他就趴在搖搖晃晃的桌子上寫功課，功課當然也得自己作，因爲他媽只認得0到9的數字，什麼人欠了幾碗麵錢未付、對面老張送來幾瓶啤酒什麼的，她用粉筆記在一張小小的黑板上。

她和賣蚵仔麵線的駝背嬸去標會時，就在一張小紙條裡包上幾枝火柴棒；火柴棒的枝數就代表她開出的價錢，一枝代表一百塊還是一千塊？我忘了。

素貞是牧師的女兒，白淨淨的臉蛋，穿著乾淨的衣服。教室外面有一個打水的幫浦，下課鈴一響，我們爭先恐後從窗子跳出去，一群孩子搶著幫浦用力打水，另一群就將頭放在水喉下面把頭髮淋個濕透，然後設法把頭上的水濺到別人身上去。素貞就站在一邊看，帶著有興味的微笑，露出嘴裡的牙齒矯正器——那個年代，鄉下的孩子有許多連牙刷都沒有，她卻戴著牙齒矯正器。安靜而彬彬有禮的素貞，讓同學們喜歡、老師們寵愛，我，卻嫉妒著她天使的性格。我有仇必報，恩怨分明。有個傲慢的里長的女兒把我養的蠶打翻在地上，故意地；我一句話不說，衝到她桌前，把她的作業本子扯個稀爛。

素貞卻是一頭雪白的羔羊，她的純潔只能激起人們的愛憐。

每個星期天，素貞一家人上教堂，當然，教堂——好像叫聖公會——就在她家隔壁。或者該倒過來說，她家就在聖公會的院子裡。大概是三年級的時候，素貞開始為聖詩班伴奏。風琴的聲音從教堂中傳出，載著風的翅膀，飛到我們光復一村的村子裡來。我們一窩人就鑽出低矮的房子，坐在向風的牆頭，聽那美麗又帶點哀傷的樂聲。

然後素貞和牧師娘來到市場。我們打著赤腳，或者拽著不是太大就是太小的拖鞋，素貞卻總是穿著黑色漆光的皮鞋，而且永遠有白色的短襪。她們進入市場時，我們都要為她們的鞋子擔心。地上有積水，是雨水、宰剁雞鴨剖魚的血水，還有腐爛菜葉的混合，呈醬油色。她們母女倆撐著傘，提著菜籃，小心地躲避地上的坑坑洞洞。

「你每頓飯前都祈禱嗎？」我問。

她點頭，「還有睡前。」她的辮子上紮著紅絲帶。

「那麼多次？」我驚異地再問。

她微笑。

偶爾，牧師一家三口到市場去吃消夜。是特別體恤女兒的同班同學？還是子銘媽的麵實在好吃？他們總是坐在子銘他們的麵攤上。右邊是筒仔米糕四神湯，左邊是蚵仔麵線蚵仔煎。我和爸媽，當然還有永遠流著鼻涕的弟弟和妹妹，多半坐在餃子大王老張的攤子上，就和子銘他們對面。生了一臉痲子的老張是廣東人，爸爸的牌友。因爲他老輸錢，所以爸爸經常命令我們來到張伯伯的餃子攤，把他償不起的錢一粒一粒吃回來。盡量吃！爸爸得意洋洋地說，再加幾個滷蛋。

牧師一家人文雅地吃著麵，不時用自己隨身帶來的餐紙拭嘴角。其他的客人，譬如開野雞車的黑鼻仔、在海邊守崗哨的老兵（他們的名字多半是老張老王老什麼的，胳膊上刺著「殺朱拔毛」），他們都捲起褲管，一隻腿高高蹺在板凳上，拿起大碗酒往臉上倒。

子銘很忙。他才九歲吧？我們二年級。他用一塊稀爛的絲瓜布用力地擦桌子。人瘦小，好像整個人得趴上去擦，竹製的桌子在他身體下吱吱作響。然後他分筷子，那個時候還沒有用了就丟的竹筷。他用兩手從一個大水盆裡撈出一把筷子，使勁地甩，把水甩掉。當然筷子還是濕漉漉的，但沒人介意。只有牧師娘，掏出皮包裡的衛生紙，細心地將一家人的六枝筷子一枝一枝擦乾。

子銘端麵時，走得極慢，兩眼盯著碗前的水泥地板，就怕摔跤。湯碗冒著騰騰熱氣，極大的碗，顯得他的手特別的小。他的手指似乎對燙也沒有感覺。他戰戰兢兢地把麵碗擱在桌沿，牧師就微笑著摸摸他頭。

我不記得子銘有過任何表情。他並不和我們打招呼，雖然我們早上還坐在同一個教室裡。他只是低垂著眼睛，聽清楚麵的名字，回身告訴母親。腦後紮了一個髻的母親則永遠站在不斷往上泉湧白花花的水氣裡，時不時往圍裙上抹抹油膩的手。

吃消夜的人往往半夜還來。子銘和母親等著最後一個客人走了，才開始收拾桌椅。第二天早上八點就要上課，他到底什麼時候睡覺呢？我不知道，也沒想問過。他反正不和我們玩。下課鈴響，我們一窩蜂衝出教室，他總留在教室裡。上課鈴響，我們衝回來，他還坐在他位子上。

這樣的一個孩子，後來考上台大電機系，當然是鄉裡一件大事。蚵仔麵線的駝背嬸送去一大串紅色的鞭炮，里長送給子銘一枝鋼筆，鋼筆上刻著「萬里鵬程」四個字。

這樣的一個孩子後來得了獎學金到美國去讀書，那更是大新聞，連我都輾轉聽見了這個消息。那個時候，我早已離開茄萣鄉，我在柏林過著波西米亞式的留學生活。

在走道裡遇見系主任迎面而來，我趕忙低頭假裝翻看手裡的書本，卻被他叫住：

「像昨天那樣的事情，」他皺著眉頭，「您下次能早點和我說一聲嗎？」

他指的是我讓學生將一批過期的期刊移走的事。

「也許。」

我皮笑肉不笑地走開，知道他楞在那裡，半惱怒、半困惑地瞪著我開始發胖的背影，後悔他聘用了我。

他不喜歡我，我知道。但誰在乎呢？我不靠別人的喜歡過日子。和老葉決裂之後，我才知道「每個人都是一個孤島」是什麼意思。意思就是說，哈！我不再靠取悅於別人過我剩下的人生。

教職員的信箱就在走道裡。和往常一樣，我打開自己的那一格，裡頭一大堆紙張，沒有什麼信件。我不太寫信，久而久之，也不再有人給我寫信。通知單倒是一大把；星期幾什麼人來演講，請鼓勵學生參加、新建系館停車場開始出租、一年一度聯誼郊遊在幾月幾日舉行請報名……

竟然底下有一封信，素貞的，不，素貞寫給別人被退回的信。收件人是「台北市一〇三巷四十五號五樓陳子銘」。

她忘了寫上麗水街，被退了回來。

我將信拿到窗邊，就著光看郵戳上的日期。

五月——五月二十六日。我心跳得厲害，兩腿發軟。支撐著找到一張椅子坐下。這是眞的嗎？素貞是二十五日離開我去赴約會的，屍體在二十八日找到。二十六日她寫了——不，寄了這封信？會是她自己寄的嗎？或者……？

我必須讀這封信。

素貞蠟黃死亡的臉孔浮上來，我坐在走道陰暗處，幾乎站不起來。我甚至於用手指撫摸了她的臉頰，臉肉在手指輕微的壓力下凹陷下去，像麵團，像不新鮮的豬肉。她本來是酒渦的地方反而鼓出來，因爲浮腫。

到河邊去吧！

系館在老街上。老街由一塊一塊的青灰色石頭鋪成，高跟鞋很容易陷進石塊與石塊之間的隙縫。對於我，那已不是問題，我早已不再穿高跟鞋。譬如現在，我腳上趿著雙典型的德國健康涼鞋，非常不秀氣，像養牛的農婦準備一腳踩進牛糞的那一種。

街口，和往常一樣，坐著三兩個流浪漢，懷裡抱著酒瓶，紅腫的爛眼遲鈍地看著路人。他們的身體有尿騷味。其中一個頭髮髒成一團的人岔開腿歪坐在地上。褲子顯然已沒有拉鍊，我不得不瞥見他的毛髮和陽具。

裡頭不知有多少跳蚤，我想。

轉上大街，迎面而來兩匹高大壯碩的馬，拖著滿載遊客的馬車，踢踢躂躂地過來。旅客，多半是馬克．吐溫嘲笑過的幼稚的美國人和表面恭謹馴服內心是惡狼的日本人，帶著照相機和愚蠢的表情瞻仰不朽的海德堡。

街道不寬，我站在一家書店櫥窗前，讓馬車通過。馬匹經過眼前，滾動著一股氣味，是乾草和馬汗的混合吧？倒有點像男人下體毛髮的氣味，說不上是好聞還是不好聞。

一陣莫名所以的不快襲來，我拉開大步往河的方向走去。

可是從這裡到河邊，勢必要經過大學廣場。

廣場上熙來攘往，多半是學生。二十多歲的男人，瘦削的臉上有稜有角，二十多歲的女人，散著頭髮，擺著細瘦的腰肢。他們有的騎著車橫衝直撞，有的揹著書包、素著腳，邊笑邊走。

再過二十年，你們也會和我一樣，皮膚逐漸乾掉，眼角拉下來使本來圓溜溜的眼睛慢慢變成三角形；本來是稜角的地方肥圓起來變成一疊一疊的贅肉。過了二十年，你們就會和我一樣，體重多了一點，靈魂少了一點。

廣場中央植了幾株會開香花的槐樹。就在那槐樹旁，幾百年前橫眉冷眼、有稜有角的馬丁・路德站在那裡面對群衆，辯論天主教改革之必要。他是卡來爾所崇拜的那種英雄典型，而路德這個英雄似乎在他的中年和老年都不曾墮落。

但是我不曾見過不墮落的英雄。

也是在這個廣場中央，素貞和我頭一次見到鋼琴師。

那天天氣有點兒陰晴不定，一會兒陽光像金粉一樣打在肩膀，一會兒烏雲密布，風雨欲來。我們從麵包店一推門出來，就聽見鋼琴的清越，從廣場中央傳來。那兒已經圍了一堆人。

這樣的街頭演奏可還眞沒見過。海德堡的街頭樂師不知有多少——拉小提琴的、吹法國號的、打鼓的、彈吉他的、淸唱的……，可是，當街彈鋼琴？

那是一架殘破不堪的鋼琴。琴蓋早就脫落，三隻漆已剝落的腿，有一隻還用鐵絲綁著。琴鍵上的白鍵顏色老舊，像一排老人掉剩了的黃牙。黑鍵有些脫了皮，露出骯髒的木色。

我們的眼光投射在鋼琴師身上的那一刻，陽光燦亮，把正在專心彈琴的年輕人的頭髮照出一圈金色的光環，他偶爾抬眼，眼睛有乾淨的天空顏色。眞是個美麗的年輕人！我似乎聽見身邊素貞深深的嘆息。他的長髮沒有梳理，隨著他手臂和雙肩的擺動而不時落到胸前。黑色的貼身背心，露出他突顯繃緊的肌肉，下面是條牛仔褲，光著腳踩著琴板。

年輕人的臉孔被太陽曬出一種健康的紅色，當他垂首看手指下的琴鍵時，眼睛就是兩彎濃密的睫毛。他的嘴角有一點淺淺的笑意。

蕭邦的旋律像沾了魔粉的箭，射中了人們跳動的心臟。這不是嚴肅僵硬黑暗的音樂廳，這是空曠的廣場，在藍色的天空和搖晃的槐樹之間。人們被點了穴道似地，全身靜止，深怕錯失天空和槐樹之間即使只是一個音符。

我看到鋼琴的琴蓋了。它被擱在地上，上面擺了一個破口的陶盆。陶盆裡有許多錢幣、幾卷紙鈔，還有一枝鮮紅帶刺的玫瑰。

有一只細緻的戒指。一枝口紅。

曲子悠然停止，掌聲像忍不住的爆炸，劈劈啪啪響個不停。有人大喊：

「Fantasie，OP 49-!」

鋼琴師微笑著，似乎在等其他的點曲。素貞輕聲說：

「好貪心啊！Fantasie 一曲就要十二分鐘呢，不把他給累死！」

在我右邊站著一對母女。穿著優雅入時的母親對抱著一疊書的女兒嘆氣：

「唉，能有這樣的女婿多好！」

「同意。」女兒說得乾脆，眼睛還盯著前面，「他太迷人了。」

「不過，」做母親的笑了，「他養不了家。」

女兒頑皮地撞了下媽媽，說：

「你怎麼這麼陳腐，媽媽，我將來是建築師，我可以養他呀！」

琴聲又響起，人們重新安靜下來。

素貞對我耳語說：「小夜曲，二十七號之一。」

沒人注意到，陽光早已被烏雲遮去，廣場陰暗下來，風颳著槐樹，劈哩啪啦掃下一陣葉子。在一片肅殺中，雨點開始撲打下來。光明和黑暗交替得如此迅速，簡直像一場天意合作，令人措手不及。

鋼琴師跳起來搶救鋼琴，群眾七手八腳地幫著推，目標是廣場東邊一家書店的遮篷下。有人去拾琴蓋和陶盆，有人爲鋼琴師殷勤地打起傘。

鋼琴被推到了篷下，有人將小圓凳抱了過來，讓鋼琴師坐下，有人喊：

「Impromptus 29－！」

有人說：

「讓他休息一下。」

一個戴帽子的老太太走過去，張開雙臂熱情地擁抱鋼琴師，親他的臉，說：

「孩子，你太美了！」

鋼琴師只是笑，牙齒極白。

老太太正走開，一個穿長裙的女孩亭亭走向前，把手腕上一個鐲子取下，彎身擱在陶盆裡。

「年輕人，」我身邊的母親大聲說，「我正在物色女婿；你願意待會兒和我的女兒一塊喝咖啡去嗎？」

年輕人的眼光和未來的女建築師接觸。

他笑了，露出整齊的白牙，「好，再彈最後一曲。或許大夥兒想一塊兒去呢！」

話還沒說完，他的手指已經按下。音樂像手裡的白鴿，翩翩飛起。

雨，在遮篷外淅瀝淅瀝落著，和鋼琴不斷升起的咚咚聲組成一片奇異的風景。

我沒忘記看看錶，快到我上課的時間了。「走吧！」我扯扯素貞。

「噓——」她根本不動，「聽完。」

可是聽完了她還是不肯走。「我們也去吧！」她說。

「去哪裡？」

她指指鋼琴師，一小撮人已經包圍了他。

「我要上課你忘了?走吧走吧！」我跨出步子，卻發覺她沒有跟上來。

「？」我停住腳，瞅著她。

她看看我，又回頭看看正站起來的鋼琴師，腳，沒有目的地挪動了一下，又回頭看我；在一瞬間她必須決定她的方向，她顯然地不知所措。

「走吧！」我說，轉身往教室方向走去，不再看她。我十分肯定她會跟過來。我眞的要遲到了。

當我直覺她不在我身後而回身尋找時，她已經直直地往鋼琴師走去。我只能越過人頭大聲喊：

「要不要等你吃晚飯？」

她沒聽見。也許是因爲教堂的鐘聲剛好宏亮地響起，噹噹地震著耳鼓。她好像在鐘聲的伴奏中一步一步地往前走去。

她義無反顧的背影使我楞在那兒，詫異她竟然會獨自走向未知，這不像我所知道的乖順、柔弱、退讓、害羞的素貞。

因爲多看了她幾眼，我這才發覺她竟然和鋼琴師穿著一模一樣的衣服：黑色背心，藍色牛仔褲。那是她昨天才在老街上買的。

雨已經停了。陽光穿過黑雲下，一束一束的，像舞台燈光打在廣場上。

她纖瘦的身子筆直地往前走去，走向鋼琴師。在浩浩蕩蕩的鐘聲中，晃動不安的人潮像海浪往兩邊撥開，她筆直地往鋼琴師走去。

風吹起她背後的長髮。

素貞從前不是個穿牛仔褲的人。

我在大學當助教的那一年，素貞突然出現在研究室。

基本上，當她去讀師專，我上了高中之後，我們就已經走上永不交叉的命運軌道。她去苗栗當小學老師的時候，我在台南上大學。我們沒見過面，沒寫過信。她是個好女孩子，我從來沒懷疑過。小學四年級，班上來了個胖嘟嘟的轉學生。當我們都圍著他唱「胖子胖，打麻將」的時候，素貞畫了張美人圖，上了顏色，偷偷塞在轉學生書包裡。美人圖上還寫著幾個字：「歡迎新同學」。

老師一手牽著那個啼哭的小胖子，一手高舉著「美人圖」作爲好榜樣，把我們罵個狗血噴頭。

和好人我總覺得沒什麼話可說。我一方面嫉妒他們是天使，一方面又因爲他們是天使而瞧不起他們。能夠瞧不起天使，我對於自己根本不是天使的事實就不覺得是太大的缺憾。

大概從八歲開始，我就知道自己不是天使。

八歲那年，洗澡的時候，發現用水管沖出的水柱沖激下體，會有一種麻酥的快感上來。我開始三天兩頭地玩水的遊戲，在沒有人看見的時候。

有一天正在玩的時候，聽見有人在浴室門上「篤篤」敲了兩下。我停下來，等了一會兒。

靜悄悄的。

於是我再拿起水管，卻又聽見「篤篤」輕敲。那是個竹篷子搭出來的所謂浴室，從竹片縫裡我依稀看見母親的衣服。是她在叩門。

她知道我的水的遊戲。

我羞恥得好幾天不太和她大聲說話，不敢正眼瞧她。羞恥，使我知道，我不是天使。

素貞站在我面前，有點尷尬地笑著。那張臉孔還是像小時候那樣白淨，露出兩個淺淺的酒渦。也是夏天，她穿著件淺藍色的長袖襯衫，長袖哪！胸口的釦子一個個釦上，直釦到喉嚨。下面是條深藍色的百褶裙，長過膝蓋。白襪子，黑鞋子。

還是黑鞋白襪，我想起茄萣的菜市場。

「你看起來好年輕。」她說。

「是你看起來老。」我想著，卻沒說出口。我穿著正常的二十二歲的人該穿的正常衣服：白色的恤衫、灰藍色的窄身牛仔褲、白色的運動鞋。

我帶她去教職員餐廳吃飯，引起不少人注目。她實在土得可以，我用眼角看她。她一步一步規矩地走著路，不會伸手去撩撥一枝低垂下來的芒果。

我像上籃球架一樣地跳起來，伸手握住一粒芒果，黏黏的，還不夠熟，於是放手，芒果枝又彈盪回去。我們走過去了，那個半青半熟的果子還在空中搖晃。

親愛的牧師的女兒，那個在半空中懸著的果子，對你沒有誘惑嗎？它激不起你心中想跳起來、脫離原來軌道的衝動嗎？

她客氣地道謝，端莊地坐著，不時看看長裙是不是嚴密地蓋著她緊併的雙腿。吃飯時，她從皮包裡掏出自備的餐紙，文雅地擦拭嘴角。吃飯之前，她已經用了桌上的餐紙擦乾了她的和我的半濕的筷子。

她剪著學生式的短髮，臉上沒有一點脂粉。

才二十二歲，她沉重得像塊舉不起的灰鉛。

我很快就忘了這塊沉重的鉛，我有我自己的生活。

一年的助教生涯令我厭倦。一個眉目清楚、穿恤衫牛仔褲、二十二歲的女助教，是一瓶剪下來用水養著的鮮花。人們湊近聞它的芳香、欣賞它的豔色，肯定的是，沒有人期待這瓶花會繼續成長。人們所求於瓶花的，只是它此時此刻短暫的清新。

大學裡不少青年才俊，所謂青年才俊，就是那些頭尙未禿但已得了博士學位回來的已婚或未婚的男人們。我用我瓶花的特質和他們混著，很讓一些青年才俊的太太們嫉妒。有一天下班時，和一個電子系的才俊一起走路回宿舍。才俊摘了把野花遞給我，後頭冷不防響起一個女人的聲音：

「唷——」拉得很長很誇張，好像話劇台詞，「會送花給小姐，怎麼就從來不送我呢？」

我們同時回頭；是才俊的太太。

她已經很胖了（說「已經」，是因爲我猜想她也曾經瘦過，當她是瓶花的時候）。穿著短褲，胖腿從褲管裡勉強擠出一堆肉。

她繃著臉從我們面前走過，塑膠拖鞋發出叭答叭答的聲音。

我抬頭看看才俊，他的眉毛向兩邊塌下來，笑得苦極了。

我突然覺得這遊戲乏味透了。

別人所期待於我的，還有我自己所期待於我自己的，也不過就是終於嫁給了一個青年才俊，爲他們煮飯生小孩，然後開始變胖，胖到腿肉塞不進褲管，然後在路上撞見才俊摘野花給新來的女助教。

然後繃著一張臉，叭答叭答踩著拖鞋走向冷戰的夜晚。

怎麼樣才能躲避這樣的軌跡？

我終於還是以女人的方式離開了我盛著死水的花瓶。

核工系有個德國講師，高高瘦瘦長手長腳的，常來和我有一句沒一句的聊天，用英語。這天晚上，他來到我的小房間裡聽音樂。我隨手放了張賽門和葛芬柯的唱片，唱片套上有兩個歌手的照片。我說：

「你看，這兩個人鼻子眞大。」

他沒作聲。

我又說：

「猶太人鼻子都大，聽說。」

他瞄我一眼，輕輕說：

「我是半個猶太人。」

「哦——」我仔細看看他，「所以你的鼻子只有他們的一半大……」

他笑起來，拉過我的手，無限縱容地說：

「在德國你就不能說這樣的話，猶太人是很容易被得罪的。」

他把我的手放在唇邊，極溫柔地親吻著。當賽門和葛芬柯唱到「人們視而不見，聽而不聞」的時候，他對我的手說：

「跟我去德國好嗎？」

窗外是黑色的夜，白色的栀子花卻在夜色裡蠢蠢動著，濃郁的花香纏繞在音樂裡，像一縷一縷飄浮的輕煙。

「跟我去德國好嗎？」

他的眼睛深深地注視我，那樣誠摯的、信任的、充滿了柔情的眼睛，好像世界上沒有任何值得片刻懷疑的東西。

我值得你的信任嗎？米夏？我自己都不信任自己。

你不信任自己什麼呢？你在害怕什麼呢？

他一直捧著我的手，親吻著我的每一根手指。

我說不清楚，因爲想不清楚（床底下有一隻老鼠，你看不見牠，但是半夜裡，牠就在抽屜與櫥櫃之間磕磕碰碰的，發出令人背脊發涼的雜聲。現在，即使在牠安靜潛伏的時候，看不見聽不見的時候，你知道牠的存在，雖然你或許提不出牠在的證明）。我不知道我害怕什麼。

不要怕——我會給你安全……穩定。

他的臉靠近我，讓我聞到他襯衫領頸項間香皀的氣息。他是那樣的乾淨、純潔……他的鼻息烘熱了我的耳根，使我來不及思考。當他的手指輕輕觸到藏在我裙下的陰蒂時，我已經暈眩，只覺得自己身不由己地在張開……張開……。我柔軟、潮濕、深不見底，我是一個陷阱、一片沼澤，冒著滾熱的慾望的氣泡，可以吸進整座堅韌的黑暗的原始的叢林。

今天的大學廣場上卻沒有音樂。一個舞台搭了起來，兩邊架著巨大的音箱。綠色的警車堵住了路口。兩個小時之後，德國總理和法國總統要在台上出現，對年輕人鼓吹德法友誼、歐洲一家。

這兩個人在一百年中打了三次仗，你們的友誼能持續多久？女性主義者說：戰爭全是男人搞的，因爲男人是追逐權力的動物。如果女人來主導歷史，讓 History 變成 Herstory，人類歷史就不會是部戰爭史。

這個理論，希臘的劇作家在幾千年前就說過。林語堂在中日戰爭時也自以爲幽默地寫過，讓女人治國。

女性主義者實在是不堪一擊的，她們掀起一大陣煙霧和囂聲，但是這個世界不會改變。如果眞若她們所說，女人天性主和平，好，那麼她們想當然耳就不會向男人宣戰，以戰爭手段從男人手中奪權；而男人佔著既有利益，自然不會不戰而交出權力。反過來說，如果女人眞以戰爭奪得了權力，那麼她們必然也會以戰爭去解決其他問題。Herstory 也不過是一部戰爭史。不過，我壓根兒就不相信 History 有變成 Herstory 的可能。

穿過廣場，經過街角的咖啡店，Cafe Romantique。習慣地往玻璃窗裡望了一下，這一望，我抽了一口涼氣。

那個老太太，戴著和那天一模一樣的帽子、熱情擁抱鋼琴師的老婦人，就坐在那裡。她正戴上老花眼鏡，準備看膝上攤開的報紙。

那天下午，她也去喝咖啡了嗎？她記得素貞嗎？

我衝動地走到咖啡館門口，躊躇，又踅回來。

問有什麼用呢？事情已經這麼淸楚。

那天晚上，素貞回來得比較晚。所謂晚，也不過是十點半鐘，只是通常她不會超過十點，即使是和德文班的同學去酒館喝啤酒。

「習慣了，」她說，「做女兒的時候，因爲晚上要和爸媽一起晚禱，所以總是早早到家。做了阿銘的太太嘛，你也知道。」

那個在麵攤上寫作業的小孩怎麼會和牧師的女兒結了婚，才是我覺得最奇怪的。或許不奇怪；在台灣的婚姻市場上，陳子銘有美國的碩士學位，在台北的電腦公司上班，眼不歪嘴不斜，他配一個苗栗鄉下的小學老師其實綽綽有餘。從一個多月的相處之中，我逐漸摸出了素貞婚姻形態的輪廓。

牧師欣賞子銘的刻苦上進，快慰地將女兒交出去，沒想到從此父女相聚就愈來愈難。子銘孝順母親，事事屈從母親的意思。剛結婚時，新居就根本沒有裝鎖，任何時刻、任何人，都可以推門而入。

「上了鎖，」阿銘說，「媽媽會覺得被我們隔離了。」

新婚夜，素貞僵硬地躺在床上，全身緊張地傾聽房門外的動靜，就怕有人闖進來。

「不過久而久之就習慣了。」她說。

子銘是個戀家的男人，一下班就回來，到了家門口看不見妻子的摩托車，臉就沉下來。開始的時候，素貞覺得他孩子氣得可愛，直到有一個晚上，他當著伴她回家的女同事的面摔了一個盤子，她才知道嚴重。於是她漸漸不再參加同事之間的聚會，能夠推掉的會議也就盡量推掉。到後來，下了課之後和其他老師們談談天、交換一下教學心得的情緒也沒有了，她收拾好東西就往家裡跑，一定要讓回家的子銘老遠就能看見她的摩托車。

當年那個揹著孩子兩手下麵洗碗的女人，已經成為一個身體孱弱、脾氣古怪的老婦人；因為受過太多的苦，她認為別人受得都不夠；因為站著付出太多，現在她坐著期待收回。這個世界欠著她的債；從前，她把別人的債記在一塊黑板上，現在，她把它刻在自己臉上——每一條皺紋都是人生的債據。

素貞不再有自己的朋友。

「可是，」她微笑著，「久而久之就習慣了。」

唯有不能隨心所欲地回台南探望爸爸媽媽，使素貞心深處隱隱作痛。

黃牧師心臟病發作，講道時一頭栽下，肥胖的身體壓在他翻開的《聖經》上。

「爸爸半身不遂了，只能躺在床上讓媽媽照顧。有一次媽媽關節炎痛得厲害，叫我回去幫忙，因為她沒辦法幫爸爸翻身，蔣媽又剛好不在……」

我們坐在我的陽台上。陽台很小，只夠擺一張小小的圓桌，兩張鐵椅。這是海德堡的古區，陽台四邊高低錯落著古色古香的老房子。其中一棟，右手那棟蓋著紅瓦的，曾經是韋伯客居的房子。院落裡有一株高過屋頂的茉莉花叢，五月裡放出幾千幾萬朵純白的花。風把韋伯的花香吹送到我的陽台上，令人沉迷。

我們在花香裡喝茶。太陽已在河邊沉下，青蒼的天空裡——從我們的視角望出，天空只是一個不整齊的小方塊——響著歸鳥的叫聲。

「我跟阿銘說，阿銘，我要多陪媽媽幾天，她情況不好，我擔心……」

「他怎麼說?」

「哈!」素貞搖頭,「他半天不說話,然後說,他需要我。然後婆婆接過話筒,說,已經嫁了的人應該知道自己家在哪裡,碰就掛掉了。」

素貞轉身,懶洋洋地倚在欄杆上,迷離地望著逐漸暗下來的茉莉花叢,幽幽地說:

「我第二天就回台北,媽媽看我整理行李;我走出家門的時候,她只說:『阿貞,你不能這樣下去!不能這樣下去!』然後眼淚就下來了。」

牧師娘的眼淚我是見過的。別班的一個孩子在海港裡的浮木上跳來跳去;兩片浮木游開,他滑了下去;浮木又漂著合攏起來,孩子就再也爬不上來。

孩子的屍體用草蓆包著,看得出肚子的部分鼓得很高。因爲是個常跟媽媽上教堂的孩子,所以牧師娘先被找來了,孩子的父母在比較遠的鹽田裡做工。

牧師娘跪在草蓆邊,手撫摸孩子的臉,低著頭,不出聲地落淚。因爲不出聲,所以肅穆的淚臉給了我特別深刻的印象。

最後一次見到她,大概是我準備大學聯考的時候。一大早,她撐著傘上市場,瞥見在站牌下等交通車的、穿著白衣黑裙子的我。她特別走過來,問爸爸媽媽最近怎麼樣了,問聯考塡什麼志願。

外文系,我說,可是我眞想讀的是新聞系。

她疑問似地看著我。

可是爸爸說，女記者拋頭露面，不分場合，和妓女沒什麼兩樣。不准塡。

牧師娘把陽傘收起來，擱進菜籃，拍拍我肩膀，說：

「別擔心，當女記者其實很好。我跟你爸爸說說看。」

她後來說了沒有？我不復記得。可是對著她的背影，我當時就想說：「沒用的！我爸不會聽女人的話！」

何況她又是個基督徒，不拜祖先的。

我呢，上了外交系。主修英文，副修德文。

所以後來和米夏會到德國，也是理所當然的吧?!寫信回家稟報父親大人想和米夏結婚的事時，父親十萬火急地來了封信，裡面列著可以結婚的人種排名：

第一優先，中國人。理由不必解釋。

其次，美籍華人。雖屬外籍，但終具中國血統。

其次，美國人（白人）。

其次，東南亞華人。

其次，歐洲人。

黑人與日本人不在考慮之列。切記切記！

米夏是等而下之的歐洲人，但父親後來還是高高興興地接納了他。我想父親私底下大大鬆了口氣，至少他的女婿不是該千刀萬剮的日本鬼子，也不是都有狐臭像猩猩的黑人。（爸爸說，他二十幾歲才第一次見到黑人，和一個中國女人一起，在南京。他很懷疑黑人和中國女人會生小孩，因爲，譬如人和狗就不能生，不是嗎？）

德國人他只知道一個希特勒（雖然希特勒是奧地利人）；希特勒可是有魄力的領袖。你看他怎麼整頓交通。第一天，他宣布，凡是違反交通規則的駕駛人全部槍斃；他槍斃了好多人。第二天，他宣布，違反交通規則的行人全部槍斃；他又槍斃了好多人。

從第三天起，德國馬路上就不再有任何交通事故。

正在給弟弟補著褲子的媽媽突然抬起頭來，說：

「好可憐哪！」

爸爸瞪她一眼，不屑地：「婦人之仁，何以治國！」

他戴上軍帽，威武地走了出去。

沒有幾分鐘，他卻又「哐啷」一聲推門進來，手裡拎著一個活的東西。

「路上撿到的，」爸爸說，有點孩子似的興奮，「晚上煮了吃。」

「鱉！」媽媽說：「是隻鱉！你肯吃嗎？」

她笑著。

爸爸整了整臉色，不置可否，還是雄糾糾地出去了。

那晚，我們在陽台上一直坐到天色整個黑下來。這是北國的夏天，天色全黑、星星發亮的時候，起碼已經午夜了。我自己有點驚訝，在這麼多年之後，和素貞這麼一個太過白淨、太過沉重、太像天使的人，竟然能說那麼久的話。黃色的月亮在屋頂上升起時，我竟然有依依的感覺。是因爲久居異鄉，我留戀講母語的機會？是因爲我的獨立其實是寂寞？或者說，素貞的出現使我回頭看那走過的、多半遺忘了的軌跡，從而更清楚地看見了現在？

或許只是那個五月夏日的夜晚太美好，茉莉花香和黃色的月光，在海德堡，可以使最苛刻的人變得寬容。

素貞絮絮不休，使我覺得，她大概也很久沒有一個傾聽的人。

「我們的話愈來愈少，阿銘和我。我們每天晚上，還有他媽媽，就看電視，我想起先是因爲看電視就可以不必談話，後來就倒過來，電視看多了，電視替我們說話，彼此更無話可說。

「我實在不想看。有時候就故意留在廚房裡假裝還在清理，他就會叫：『喂，你好了沒有？』

「我們一天談不到五句話。我的朋友不敢來找我，他們知道阿銘不高興。如果有我的電話來，他就假裝坐在沙發上看書，一直等我打完。他不在的話，婆婆就來坐在那裡。她不必假裝什麼，就坐在我對面，兩眼瞪著我打完電話。

「漸漸嘛，電話鈴也不響了。

「我們三個人每天晚上專心一志地看電視，他，坐在婆婆和我之間，在一張長沙發上面，就是看電視。我眞的相信，我就要看著電視看到死，看到老死，死在電視機前面的那塊地板上。

「當然，久而久之也習慣了。」

啊，我和米夏不是這樣的。到了柏林，他繼續讀博士，我上德文高級班。租到了一間地下室的公寓，便宜，採光極差。可是誰在乎採光差呢？我們充滿了熱量，像陰陽兩枚電池。白天，外面有作不完的功課、聽不完的音樂會、逛不完的博物館、會不完的好玩的朋友，晚上，我們回到地下室，像兩隻發情的老鼠，老鼠哪裡需要採光？

我們只需要一張大床，不，床墊，連腳都不要。我們在學生餐廳吃完便宜的晚飯，騎著單車回家。進了門，連燈都不必開，我們開始踢掉鞋子、脫長褲、脫內褲、脫上衣，一切在黑暗中進行，脫完最後一件，腳已碰到床，相擁著摔倒下去，跌進我們醉生夢死的世界。喝一口紅酒，酒瓶就在床頭，我還來得及向米夏解釋中國字「醉生夢死」的意思。他「噓」我一聲，叫我安靜，然後親吻我瘦弱的乳房。

醉生夢死的意思，是說，生是一場醉，死是一場不醒的夢，我說。

我爲什麼會那樣說呢？多麼的不祥。

我確信米夏已不在人間。十幾年過去了，如果他還在，就是把靈魂賣給魔鬼，他也會設法給我捎一個信來。但是，他連我的夢都不曾進來。這世界沒有靈魂。

死，是絕對。

米夏失蹤半年，他父母和我還上過電視節目。一個名叫「親愛的，你在哪裡？」的半小時節目，播出失蹤者照片，重組失蹤過程，同時讓親人朋友現身接受訪問。

錄影小組來到我們昏暗的地下室，鏡頭對著我們擺在客廳地板上的大床，一個枕頭還凹下他頭的印子；米夏的皮靴擱在椅子下面，椅背上搭著件他常穿的牛仔褲。

那是個星期五。他拎著一只旅行袋，裡邊只有一套換洗的內衣褲、幾本書，還有我們從台灣帶來要送給他父母的一盞可以摺疊的宮燈。

「實在 kitsch，俗氣得可怕。」我說，指宮燈。

「俗氣的東西換了文化就不再俗氣。」他說，一邊從椅子上抓起忘了放進袋子裡的襪子，「高級藝術換了文化也不一定高級。」

他在我頰上親暱地啄一下，輕快地跳進車，揚揚手，走了。

在另一頭，等候著他的父母，卻等不到他。原只是三個小時的路程。

米夏的媽媽倚靠著丈夫，對著電視鏡頭流下大量的眼淚，泣不成聲。

老態龍鍾的爸爸只是不斷地取下眼鏡，低頭用手絹擦眼睛，又把眼鏡戴上。

輪到我的時候，導播說：

「換個角度。看這裡，看這裡，請把臉轉過來一點。」

錄影棚裡開足了冷氣，說是爲了儀器，不得不如此。我凍得兩臂冰冷，牙齒打顫。

我遵從指示地看著導演高舉著的手，以爲自己會哭，覺得自己該哭，可是我太冷，冷到心裡，冷到骨髓。導播某一個手指上有一圈金色的戒指，當他手作勢放下時，我聽見自己飄忽遙遠的聲音，可是說的不是早就準備好的「米夏，我愛你，請你無論如何給我一個消息；知道他下落的人，我們懇求您……」

我聽見自己說：

「米夏，我的愛，永別了——」

導播顯得意外，但等著我繼續說下去，可是我已經站起來，往門外奔去，顧不得身後米夏他爸媽憤怒而混亂的眼光。

我才知道我確信米夏是死了，電視給了我向他告別的機會。

第二天早上，被電話吵醒。很早，還沒完全醒過來。一個陌生男人的低沉的聲音，粗聲喘著氣，口齒不清急促地說：

「寶貝，是你嗎？把你吵醒了嗎？在電視上看到你，你一定需要吧？把你的腿打開，讓我摸摸，讓我進去——」

我完全醒了，覺得兩腳冰冷。

「啊——」男人的聲音狂亂地顫慄，「啊——我要來了要來了啊——」

放下電話，我流下了眼淚。

米夏，你在哪裡？

那年，我二十八歲。

「二十八歲？」素貞伸過手摸了摸我的頭髮，竟然像個大姊姊，「我二十八歲的時候，已經和阿銘還有阿銘他媽一起看了三年的電視。」

「告訴我，」她坐直了，暮色中看不清楚她的表情，「你看過美滿的婚姻嗎？」

「沒有。」我說。

我們沉默著。一沉默下來，就聽見蜜蜂嗡嗡的聲音，是採蜜和繁殖的季節。

「我只見過蜘蛛網式的婚姻，」我又說，「不是公的吃掉母的，就母的吞掉公的。有的是一口吃掉，不剩骨頭，有的是一點一點地蠶食；吃的和被吃的，因爲慢，所以兩造都不覺得蠶食的發生。還有一種呢，就是彼此吞噬，同歸於盡，如果是蠶食式的同歸於盡，兩造還可能彼此都覺得在過著幸福的日子。」

素貞凝視著我。

「你可以說，」我繼續，「那也就是幸福的眞諦了。」

素貞深深吸了口氣，長長舒出來，說：

「你眞可怕！」

我說：

「久而久之就習慣了。」

她清脆地笑了起來。

然後她開始告訴我她的病。

是這樣的，她說，有一天我搭公車到三總去幫婆婆拿藥，車裡擠得不得了，又熱，我上車時就覺得有點虛。站在我身邊一個歐巴桑，懷裡抱著很大一包東西；因爲太擠了，她根本被夾在人肉堆裡，不必怕跌倒。她兩手抱著那包東西。是半透明的塑膠袋裡面滿裝著一種豬肝色的流體，也不純是流體，好像裡面還浮著腸子肝臟之類的東西。

車子一直晃，那豬肝色的流體就一直滾動，我就不由自主地一直盯著那包盪來盪去的像泡了福馬林的內臟和子宮的什麼東西，覺得噁心，想吐、頭暈……

醒來的時候人在醫院裡，阿銘把我接回去的。從那天起，阿銘，還有醫生，就說我得了鬱躁病。醫生告訴阿銘，我一定要休養，要保持心情愉快，最好能旅行一下，最好能換一下環境……

「所以我就來啦。」

大街那邊傳來吆喝和歌唱聲，那是充滿度假歡樂情緒的人們，才從酒館裡走出來，走下燃著古典街燈的石板路；酒精的揮發使他們歌頌人生的美好，尤其在海德堡。

「爲什麼來找我？」

隱約有人在唱一支老歌；我在海德堡丟了一顆心……

「因爲——」她邊想邊說，「你記得我去大學找你的那一次嗎？原因差不多吧，我大概總覺得，總覺得你可以給我一點什麼力量……很自私的理由吧！」

我在海德堡丟了我的心……歌聲漸行漸遠，月光照亮了茉莉花叢，一片白花花的。

我發覺自己漸漸開始等候素貞回來。這種感覺是新鮮的。和老葉分手後，也好幾年了，我不讓短時期的情人進入我生活領域，這裡是我完全孤獨而又自給自足的世界，我拒絕爲任何人的一部分，也無意擁有任何人。我是一個絕緣體，當二十年不見的素貞提著行李出現在我的房門口時，我是驚異而惱怒：她有什麼權利認爲我非接納她不可？中國文化裡那種互給恩惠、互相倚賴也互相吞噬的人際網我早已拋開……

可是和米夏生活的那兩年，似乎不是這樣的吧？在我們採光不佳的地下室裡總有朋友來借住。朋友自備睡袋，而我們總有一串多餘的鑰匙是專門留給過客的。我越來越像怕光的鼠類守著自己的洞穴，恐怕還是由於老葉。

和老葉一起的最後一年多的時間，他對我已經很少要求。當我想要的時候，他總是懶懶的，像條站不起來的老狗。前戲，是奢求。他甚至於懶得脫掉上衣，只是兩腿蹭蹬著把褲子扯下，有時候乾脆讓褲管還留在腳上一圈，以便事後方便地穿上。當我因爲失望而推他說「不要」時，他反而固執起來，「什麼不要嘛！」他會說，然後，好像爲了要證明他的權利，粗暴地用腿把我的腿掰開，直挺進去；在我還不確定他是否已經完全進入時，他已經像一隻洩了氣的塑膠狗熊，軟趴趴地壓在我身上。

感情的品質惡劣到這個地步的時候，我做了些什麼呢？我開始討好他。在我們本來的同居關係裡，工作分配還算均勻，誰恰好有時間，誰就做晚飯；兩個人都不想做，就出去吃。我清廚房的話，他就會倒垃圾。

耕耘，就有收穫，付出，就會得到。對你的男人更好一點，就可以挽回他的感情，男人畢竟喜歡溫柔的女人，我想。於是，我開始燙他的襯衫，爲他刷掉黑色西裝上的白色頭皮屑，替他上郵局取包裹，到乾洗店爲他拿褲子；每天下午，我打電話到他辦公室，問他：

「晚上想吃什麼？」

「嗯——」他似乎心不在焉，「隨你。」

「烤雞？咕嚕肉？我們也有鮭魚。想吃什麼，我做。」

「嗯——你眞好——」

他一客套，我就知道辦公室裡一定有旁人。

「嗯——雞吧！肉也可以……鮭魚其實也不錯……隨你。」

那個時候我並不自覺，我其實非常害怕失去他。畢竟我已經失去過一次。而不管我讀過多少書、學過多少理論，我仍舊深受孩童時就接受的某些信仰的支配（《讀者文摘》？少女月刊？女性雜誌？）譬如說，「掌握了男人的胃，就掌握了男人」。那段時候，老葉不斷地在我身上早洩，而我則不斷地給他吃烤雞鮭魚甜酸肉，我就是在親身實踐女人一代傳給一代的原始智慧。

可是，顯然有些女人比我更懂得怎麼掌握男人。那個時刻終於到來。老葉心神不屬地撕咬一塊檸檬雞腿，吃得滿嘴都是黃膩的油光；放下已經嚼光的雞骨，就用那張油嘴，說：

「我們，還是分手吧！」

他的意思是，那個已經懷了孕的北京女人搬進來，我嘛，搬出去。

「你比較獨立、能幹、自主，」他說，「她很柔弱，什麼都不會，連煎荷包蛋都不會。」

我看著他，這個頭已經開始禿，剛剛吃了我做的雞腿打了飽嗝散著蒜味的男人。盤子裡的雞骨頭是我愛情和付出的證據。也是下場。

「可是當年愛上我，」我說，覺得眼淚要上來了，「不就是因為我獨立、能幹、自主嗎？」

「對。」

他低下頭，有點黯然：「我……她很弱，沒什麼學習，也不會照顧自己……她需要我，所以——」

「所以只好對不起你。」他別過頭去，「她需要我。」

「你——」我心跳得厲害，勉強鎮定地問，「會和她結婚？」

他點點頭，眼睛盯著雞骨。

「可是當初，」我大聲嚷起來，把自己嚇一跳，「當初說不要結婚，讓我們不要受傳統婚姻束縛的也是你?!」

他不動。

「當初說不要小孩——是你不要不是我不要——」

我已經站了起來，手扶著桌沿，對著他半歇斯底里地咆哮：

「說不要小孩的負擔、讓我們過平等的兩性生活的，也是你。說女性應該獨立自主解放的，也是你。我可是要小孩、要結婚的。我可從來沒說過什麼解放不解放。都是你都是你是你……」

我奔進書房，在裡頭抱頭痛哭。一面哭，一面傾聽門的聲音，期盼他來求我饒恕，我就可以抽泣告訴他：不是，我不是一個獨立自主的女人。即使我是，我也可以立即停止。我是一個柔弱的女人，我也需要你……天哪，我也需要你——

我聽到門被打開的聲音，然後「碰」一聲關住。那是大門。他走了。

我也停止了哭，但是覺得心被狗的利齒撕裂了。我受到了懲罰，但爲什麼受到懲罰？我覺得混亂。

搬進海德堡這個小公寓之後，我決定不再和男人發生任何關係，我是說，除了性關係。

我還是一個有魅力的女人（儘管腰圍已經開始變得肥厚）。和一個男人獨處十分鐘之後，我就能感覺他是否在想像我的赤裸的身體。尤其對於已婚的男人，我是個最好的「偶遇」對象：近四十歲仍舊單身，所以我一定有性飢渴；我看起來自信而獨立，表示我不會找上男人的家門要男人負什麼責任。我的成熟、不在乎、沒有牽掛，是男人最喜歡的陷阱。

但是，有多少滿足，就有多少空虛。在一張陌生的床上醒來，枕邊躺著一個陌生的男人。然後陽光突然照進來，照著你赤裸的身體，你心慌地趕忙用床單裹住好像任何人都不該見到的身體，然後瞥見熟睡的陌生人的後頸上有一塊突起的、像蠶豆那麼大的黑茸茸的痣；那是你昨夜在黑暗中親吻撫摸的地方。

你覺得這世界荒涼極了。沒有成因，沒有目的，解釋更屬虛無。

於是你匆匆穿上衣服，並且小心地不把陌生人吵醒，你絕對無法忍受面對他張開的眼睛和他禮貌地寒暄。你像逃命似地回到你的有陽台的小屋，鎖上門，不讓任何人闖進來。在這裡，你放鬆下來，然後開始洗濯身體，一遍又一遍。

素貞提著皮箱在門口出現的時候，我是驚異而惱怒的。現在，我卻不自覺地等著她回來。那天晚上，她回來得比較晚，所謂晚，也不過是十點半鐘。

不等她從外邊插入鑰匙，我已經把門打開。她看見我，異常興奮地說：

「他約我下星期再見呢！」

「誰？」

「阿諾德，彈鋼琴的。」

素貞的眼睛發著光。像一隻困在籠子裡的山貓，她不停地走來走去，肩上的皮包都沒顧及卸下，嘴裡喋喋不休地談著阿諾德。

「別人都走了，包括那對母女，可是他要我留下來，我們又聊了很久，大半是他說話啦。他今年二十八歲，爸爸是個工人，酗酒死了，媽媽進了精神病院，他五歲的時候就進了少年撫養院，你說可不可憐？」

「這種人多半自己也有毛病。」我說，給她倒了半杯酒。她不理會我的冷淡，繼續著：

「在撫養院人家就說他有音樂天才，讓他學鋼琴。十八歲他就離開了撫養院，到處打工，也靠救濟金生活。後來，他撿到這台人家丟掉的鋼琴，修一修，鋸一鋸，他就開始街頭演奏了。」

她頓了一下，眼睛看著我，好像等待我的讚美。等了一會兒，看我毫無反應，又接下去：

「你知道嗎？」她終於坐下來，手支著下巴，兩眼瞇著無限憧憬地說：

「我終於知道了什麼叫 born free，生來自由！自由地生，自由地死，自由地活，自由！」

「你知道嗎？阿諾德住在一輛破舊的貨櫃車裡面，他和他的鋼琴啊。他帶我去看了，就在河對岸。貨櫃車停在一個停車場裡邊。貨櫃車就是他的家，他所有的家當就是一張撿來的床墊、一堆髒衣服、幾個杯子盤子、一個電爐，當然還有他的鋼琴，還有一地的樂譜。他就睡在鋼琴旁邊呢。」

她自顧自笑起來，不知想到什麼。注意到她長髮裡有幾根乾草。

「唉！」她深深嘆息，「海德堡太美好了！」

我瞅著她，說：

「你有沒有問他，他有沒有醫療保險？他生盲腸炎誰付開刀費？你有沒有問他，冬天下雪的時候他睡在哪裡？你有沒有問他——因為長期睡地上，全身得關節炎，或者坐骨神經痛，或者中風癱瘓老年癡呆——他六十歲的時候要怎麼生活你有沒有問他？」

「哈哈哈——」素貞頑皮地笑起來，「我真的問了他，怎麼想像老年的自己，你知道他怎麼說嗎？」

素貞好像有憋不住的喜悅，眉飛色舞地說：

「他說呀，他有一天做夢，夢見在大學廣場上有個白鬍子老頭在彈一架破鋼琴，就在廣場中央槐樹旁邊；他走近老頭，老頭抬起臉看他，唉呀，滿面皺紋，那個老頭就是他自己！」

我站起來，說累了，去睡吧！想想，又說：

「你會去和他約會？」

她仰頭看我，不作聲。

「你知道他是個西方男人，」我帶點陰險地看著她，「約會就是上床，你知道吧？」

她的臉黯下來。

我走到卧室門口，聽她在背後輕輕說：

「這是明天要穿的嗎？」她指著沙發上一套攤開的素色洋裝。

我打著呵欠，「對，明天要演講。」

「怎麼裙邊沒縫？」

因爲我嫌它太長，用剪刀剪下了二十公分的裙襬，但是懶得縫邊。

「你總不能穿著這毛毛的沒邊的裙子面對聽衆吧？」她瞪著我。

「無所謂啦！誰規定衣服一定要縫邊呢！」

「沒有邊的衣服怎麼能穿呢？」她說。

我疲倦地上床，把自己蜷起來，矇矓睡去。

起身到廚房去喝水時，才看見書房裡燈還亮著。躡手躡腳過去往門縫裡看了一下：坐在床褥上的素貞穿著白紗睡袍，黑髮披在肩上，她正就著小燈一針一針縫著我那件沒邊的裙子。

燈，把她的影子投射在牆上，放得極大，像個巨人。

週末，大教堂邊的廣場就成了農品市場。農人帶著自己種的東西到廣場來直接賣給顧客。廣場上一片嫣紅嫩綠。

「最新鮮的東西，」我對素貞說，「都在這裡。」

沒聽到她回音，我才發現她正用手掌遮著眼睛，眺望聖靈大教堂的尖頂。

「你進去過嗎？」

「沒有。」我搖搖頭，俯身看攤子上豔紅的草莓，「我對教堂沒有太大興趣。」

「我很想進去看看。」她仍看著遠方。

「當然。」我說，「一公斤草莓，要這種大的。還有一斤葡萄，白色的，這一串。」

半個小時之後，我們如約在教堂大門前會面。手裡的菜籃頗沉，我們乾脆在台階上坐下來，歇一下。

陽光從教堂後方射下，把教堂的影子印在地面。這是正午之後不久的太陽，素貞和我就剛好坐在太陽所投影的教堂尖頂的十字架上。

「你從來沒進過教堂？」素貞問，她顯得特別沉靜，若有所思。

「沒有，」我笑起來，「以前常坐在牆上聽你在教堂裡面彈風琴。」

於是我告訴她，八歲那年，知道媽媽發現了我玩「禁忌遊戲」之後，曾經動念想到教堂裡去禱告，看我是不是能得救。但是終究不曾進去。

「可是我去了。」素貞說。

「什麼？」

「我在四年級的時候，我們十歲對不對？你記不記得，我們上體育課要爬竹竿？」我記得。五根像旗桿那麼高的竹竿，看了都怕，素貞卻爬得又快又好，像猴子一樣。敏捷地攀上去又「咻」地溜下來。是的，我記得。

素貞笑了，有點難爲情地說：

「竹竿是我的遊戲。我爬第一根的時候，就覺得心跳。從第二根滑下來的時候，覺得兩腳發軟。第四根夾得最緊，從第五根上面我通常是興奮得撐不住，摔下來的。」

我目瞪口呆地看著我心目中乏味的天使。

「我也不知道那個奇怪的刺激是什麼，只是每次上體育課就希望老師會讓我們爬竹竿。下課以後，我就進教堂懺悔，然後彈風琴。」

「哦——」我長長地舒了口氣。

陽光已經把十字架移到身後，將我們暴置在耀眼的強光下。開始熱了，走吧。

等一下，她說。

「你——」她遲疑著，「前天晚上沒有回來——」

「對，」我說，「我在別人的床上。」

她不理會我挑釁嘲弄的口氣，平和地問：

「算是男朋友嗎？」

「什麼叫男朋友？」我有點不屑地看著她，「他是波士尼亞人，我們只認識一個星期，我對他唯一知道的是，他的爛國家在打爛仗，他的媽媽穿著黑色的衣服哭瞎了眼睛，可是我一點也不想知道他媽幹嘛哭瞎了眼睛。我們在一起只是睡覺，你懂嗎？」

她的眼睛盯著地面，原來十字架在的那一塊。

「因爲他堅持要告訴我他媽哭瞎了眼睛，穿黑衣服，」我說，「所以我跟他沒有下一次了。」

她不吭氣。

然後說，聲音輕得幾乎只有她自己能聽得到：

「這樣也能活嗎？」

她很奇怪地看著我，看得我極不舒服。

經過麥當勞店時，坐在地上的一個著長裙邋遢不堪的吉普賽女人對我們伸出她髒髒的手心，她的腿上歪躺著一個熟睡的小孩。素貞忙亂地往皮包裡掏錢，我近乎粗暴地拉開她，一邊說：

「都是騙子！她們其實活得好好的，只想不勞而獲。那個小孩，八成被她下了安眠藥，不信你過一個小時再來看看，他一定還睡著。」

素貞被我拉得腳步踉蹌，有點不高興我的強制，但沒說什麼。

我們一路沒說話。她也許已不介意我的粗暴，我卻爲她的話愈來愈覺得惱怒。

這樣也能活嗎？

有什麼不能？

連皮都沒有擦傷過的她，憑什麼質問我這樣的問題？

到今天，我都不十分確定，爲素貞的死，我是否有某個程度的責任。

她去赴約的那天晚上，是星期二吧，五月二十五號。大概下午五點多，她已經打扮好，穿著一件白色的軟綢洋裝。她在門邊磨蹭了一會兒，等我以爲她要開門說再見的時候，她卻折向我，我正趴在廚房桌上準備一篇稿子。

我低頭繼續看著稿子，等著她開口，等了好一會兒，才聽見她遲疑地、啓齒困難地說：

「我這樣是不是，是不是——」她想著，「是不是不道德？」

我丟下筆，把整個身子轉過來，面向她：

「你眞的要去？」

她點點頭。又搖搖頭。我這才注意，她腳上趿著一隻涼鞋，手裡提著另外一隻。

「然後呢？」我說。

「什麼然後？」

「去了之後呢？」怕墨水乾掉，我把筆套蓋上，「你不跟子銘看電視了嗎？如果你總歸要回去，你今晚去幹什麼？如果你不回去，你今後去哪裡？我覺得這不是道德不道德的問題，這是你到底要什麼的問題。你到底要什麼呢？」

我劈哩啪啦地說了一堆，覺得自己明快、成熟、複雜、看透了人生，而且對她絕對地不公平。（你到底要什麼你自己知道嗎，余佩宣？）

她看著我，不吭氣，她在思考的時候一貫地不吭氣。

然後她轉身，往門走去，一拐一拐地走，走得很慢，拎著一隻鞋。

到了門口，她回頭又看我一眼，然後，她彎下腰去穿鞋。

開了門，她一腳踩出去，回頭嫣然一笑，說：

「我不知道我要什麼，但是我知道我不要什麼。」

門輕輕帶上。在門闔上之前，我還可以瞥見她飛揚起來的白色綢裙的一角。

我大概坐了三秒鐘，在我赤腳衝向門口之前。

她正在樓梯轉角，我一半在門內，一半在門外，說：

……

說了什麼，我竟然不再記得。

至今，我苦惱著，究竟我說了什麼？我只記得她的回答，在那幽暗的樓梯口，她說：

「你不一定是對的。」

我不一定是對的？我說了什麼呢？我究竟說了什麼呢？

就我對自己的了解，只有幾種可能。

我可能說：

「我不相信道德。」

我可能說：

「我根本不相信愛情。」

我可能說：

「我不相信自由。」

我更可能說：

「這一切都是虛妄的，可是除了虛妄，我們一無所有。」

……

「你不一定是對的。」

她的聲音透著輕快，就如她下樓的腳步。

回到桌前，我再也靜不下心來工作。素貞輕快的腳步聲沉重地壓著我的胸口，使我透不過氣來。不，我不一定是對的。或許你是對的，素貞，除了虛妄之外，或許這世界上還有些什麼別的東西，你看得見，我，我不確定；或許透過你，皮都不曾擦傷過的你，我又可以看見……

我趴在一堆稿紙上，覺得累得虛脫，這個時候，電話鈴刺耳地響起來。

是帕維爾，用他低低的、傷感的聲音，約我見面。我想到他瞎了眼的母親，想說不，以為我說了「不」，但接著卻聽他俐落地說，「好，就這麼說定，老時間！」掛掉。我顯然並沒有說不。

素貞一夜未歸。我想，匪夷所思，但絕對可能，她眞豁出去了。

素貞又是一夜未歸。我聽聽覺得不安，但是，我對自己解釋，她知道她要什麼了。

素貞在第三個晚上，仍舊沒有出現。我有點慌。然而心裡一個虛無的聲音說，不是有個丈夫，穿著睡衣說到街角買包菸或是報紙什麼的，然後就消失了嗎？好像是 *Sherwood Anderson* 的情節——男人斷然脫離枷鎖，奔向自由。女人就不可能嗎？

那個不虛無的我，在隔天早上，去了俾斯麥廣場上的警察局。在那之前，還接過陳子銘一通電話，問素貞什麼時候回台灣，我說她上課去了。

河對岸只有一個地方容許停貨櫃車。我們很快就找到了阿諾德的那一輛，因為只有一輛的輪胎是扁得下陷的。

警察用一枝鐵棒撬開了貨櫃門。我們的眼睛還在適應貨櫃裡頭的昏暗，鼻子卻嗅到腥甜的氣味，好像加了太多太甜的蕃茄醬的餿掉的義大利麵。眼睛能看了之後，素貞所描述的情景就在眼前：破鋼琴在左邊角落，靠著用鐵絲綁起的那隻腳旁有一張床墊，上面一團胡亂的衣物，一些還留著殘漬的盤子壓著幾張散開的樂譜。

只有一個東西，是素貞不曾描述的。在右邊的小窗下，立著一個比眞人還高的白色石膏雕像，是個裸體的希臘女神像。雕像的頸子上緊勒著一條黑色的電線，電線從脖子前面垂下來，繞著腰圍幾圈，然後在左腳上打了個死結。

當那個較胖的警察——他早已滿頭大汗——踢到白色裸像後面那個厚重的黑色塑膠袋時，他咬著牙狠狠地咒罵：

「Scheisse！」

狗屎！

塑膠袋很大，是專門拿來裝三十公斤重的垃圾的。素貞的屍體發出甜甜的腥味。

警察在大街上的酒館（Sepel，大街北兩百四十八號，「學生王子」飲酒唱歌的地方）找到了阿諾德；也是下午，他剛演奏完，正和三兩個仰慕者一塊兒喝酒聊天。

是在他的帶領下，警察在歌劇院後面的大草坪上找到了素貞的頭，被盛開的玫瑰遮著，玫瑰放出濃郁的香味。

鋼琴師是有信仰的。

他相信，身首異處，靈魂沒有歸宿，就不可能凝聚而化成厲鬼向他復仇。本來他想在她頭顱上扎一根釘子進去，將她靈魂鎖住，使她不得脫身，可是一直找不到一根長度恰好的鐵釘——釘子的長度必須相當於頭顱的長度，他只好用鋸子了。修理鋼琴時，他剛好向加油站借了把鋸子。

爲什麼？爲什麼要殺她？

檢察官搖搖頭，嘆了口氣。鋼琴師自己也說不清楚，他只是一再地強調他對她沒有惡意。

沒有惡意？就這樣？完了？

就這樣。完了。

警方正調查其他在海德堡的女性失蹤案件。

我看著檢察官，他看著手裡攤開的卷宗，兩個人都不知道該說些什麼。一隻蒼蠅，也許是蜜蜂，在屋裡迴旋，嗡嗡作響，然後停在他的落腮鬍上，他的鬍子全白了。

「這種事情，」我說，腦海浮上素貞擺動著的白色的裙角，「只能在報紙上讀到。」

他搖搖頭，不同意：

「古怪的事情，比我們想像的要多。報紙上的社會新聞，比我們想像的要眞實。幹這一行就知道。」

蒼蠅站在一扇玻璃上，翅膀急促拍打，發出電線接觸不良時那種滋滋的電磁聲；牠在盲目地、絕望地尋找出路。

檢察官開始告訴我上個月在萊比錫有個案子，一個二十歲的女孩被撒旦教的人在森林剖開胸膛，當作血祭的羔羊。

因爲她是處女。血祭必須用處女。

在檢察官開始講述另一個什麼案件的時候，我禮貌地打斷他，說我的車停在法院消防栓前面，他慌張地起身送我。

走出法院大樓，步下台階的時候，我無端想起了瑪黛亞（Medea）。是她。

爲了幫助情人鏟除皮里亞斯，她告訴皮里亞斯王的女兒們，把她們的父親切成幾塊，放在滾水中，她念個咒，皮里亞斯的身體就能重新復合，而且青春永駐。

可是在女兒們將父親的肉塊放進滾水之後，瑪黛亞早已不見蹤影。

皮里亞斯的靈魂，因爲身體已分裂，將永遠不能再凝聚。瑪黛亞是爲了愛。她拋棄了一切，背叛了全世界，爲了贏得一個男人的愛情；牧師的女兒啊，你背叛了自己，又得到了什麼？

瑪黛亞以爲她是爲了愛而付出生命，可是她的所謂愛，也只不過是愛神爲了利用她而射出一枝箭的結果罷了，她哪裡有任何一點滴的自由意志可言？素貞，沒有born free這種事情你現在知道了嗎？知道了嗎？

可是，我幹嘛去想瑪黛亞呢？我其實只想，素貞，其實只想再一次，一次就好，再一次地握著你的手，那樣柔弱纖細其實剛勁有力的彈鋼琴的手；只想再一次和你坐在陽台上，聽風從河那邊開始吹起，吹過河，穿過茉莉花叢，把花香送上陽台，在漸漸暗下來的暮色中，再看一次，一次就好，再看一次你時而迷惘時而憧憬的臉龐……我甚至以爲你可以拯救我暮色中看不清我們深深淺淺、雜遝交錯的足跡，究竟在哪一時刻，在哪一個路口，我們曾經有過換一條路走的機會？是我們愚鈍認不出那個時機，還是根本沒有？

我究竟對她說了什麼，在那幽暗的樓梯口？

河邊三五成群聚著等候上船的遊客。這是個兩百年前歌德所讚嘆過的柔軟如絲帶的那卡河：遊客穿著薄薄的春衫，享受著從樹隙間灑下來的陽光，陽光照在水波上，跳動著像翻起的金色的魚。

我傍著一株柳樹坐下，背靠著樹幹，面向河水。素貞的信，寫在淺藍色的信紙上，信紙底端印著美麗的花朵，和信封上同一個圖案。

阿銘：

我很歡喜地讀君來信。如果我們面對面的時候，也能談一點心裡的感覺，多好。

我在河邊寫信。佩宣住所離此僅三分鐘步行之距。

有一個小孩在用麵包餵天鵝。天鵝意猶未盡，趕上岸來，追逐小孩，小孩呼叫驚走。

天鵝浮在水中，風姿優雅，上得岸來，卻見兩腳粗壯笨拙，聲音亦粗鄙難聽，與家禽無異，原來天鵝之飄逸全屬想像。

想起兒時家中所養一對番鴨（臉紅紅的那一種），一公一母。母鴨由蔣媽拽至廚下欲殺。她通常抓緊鴨腳，讓鴨頸直垂往下，地上置一小碗，以刮鬍刀割破鴨喉，讓血滴進小碗。

她會邊割喉嚨邊念：

「做雞做鴨無子時，後輩子讓你做好業人的孩子。」

我與媽媽在後院餵公鴨，忽覺得腳邊蠢動，低頭一看，母鴨搖搖擺擺回來了。媽媽說：「咦，還沒殺呀！」

我則驚恐尖叫，大哭不已。母鴨脖頸之間一片鮮血淋漓，狀極恐怖。

媽媽痛惜搖頭，說母鴨眷戀公鴨，不捨獨去，所以回來。我現在理解，非母鴨眷戀公鴨，只是動物求生本能，求生慾望之旺盛，使伊割了喉嚨仍欲生存。

兩小時之後，母鴨趴下來，頭頸緩緩著地，眼睛閉上，死去。

我知君不喜佩宣之剛烈率直，但她對我極照顧。日昨在巴士中有一光頭青年對我惡形惡狀，佩宣倏然起立，對彼劈頭臭罵，旁觀者竟喊好。實在不可置信。

今晨起得較早，佩宣仍熟睡中。我坐在她床邊，看她熟睡時眉眼寧靜如嬰兒，與她白日時張牙舞爪，狀若二人。我覺得想疼惜她，又不知從何處開始。她竟像一隻受傷的刺蝟。

至於我，阿銘，突然覺得什麼都不怕了，覺得生命可以重新開始；只要無所懼怕，就可以誠實面對。自幼聽《聖經》教誨「信．望．愛」，至今日方得領會，但願不遲。今晚將無法給君電話，因將到一較遠之陌生地去看一極奇特的鋼琴。對我極重要，君想必諒解。

當我回到君身邊，若我回到君身邊，一切將不一樣，一切。我如此希望。

以馬內利

阿貞

五月二十五日中午

綴滿鮮花的遊輪靠了岸。船上和岸上的人們，似乎心中溢滿對夏日和人生的禮讚，愉快地紛紛對彼此揮手。戴著水手帽的船員在岸邊敲響了鐘聲噹噹，告訴人們，新的歡樂的探險又要啓程了。

一陣風把手中的信紙颳走。我任它飛去，也不看它飛往哪個方向。反正，哪個方向都一樣。

都一樣。

我比我想像的還要對，素貞。

墮

他們不是一夫一妻制嗎？

怎麼我覺得天都要垮下來了，

他卻連問題的影子都看不見呢？

難道在俄羅斯，同居、外遇、

未婚生子、私生子、通姦、

嫉妒與背棄，都不是問題嗎？

22+N

大門徐徐打開。

兩個人走出來，男人扶著女人，腳步遲疑不穩。

陽光劇烈，使他們驟然閉上眼睛。再張開，才看清眼前一片荒蕪，崎嶇不平的土路上爬滿蓊蓊鬱鬱的荊棘。

兩個人都光著腳。

背後的大門無聲地闔上。詭異的靜寂。兩人眺望著土路，露出茫然的表情。

男人和女人，終於拉開腳步。

荊棘在陽光下綠得發亮。

22

依凡一手撐著玻璃門，一手扶著她，慢慢地，慢慢地跨出三十五號。

陽光的強烈使她閉上眼睛，覺得暈眩，她輕飄飄地站著，身體晃了一下。

依凡環著她的腰，怕她跌倒。

三十五號大樓玻璃門前，站著一對年輕男女。男的是白種人，穿著白恤衫、牛仔褲；女的是東方人，穿著一件寬大蓬鬆的長裙。夏天，她肩上卻披著件毛毯般大的圍巾，使她乍看像個墨西哥農婦。

她的臉色蒼白。眼睛睜開時，過路的人驚奇地看她一眼，覺得她眼睛空洞迷離，以為又是一個吃安非他命的失去靈魂的人。

住在大樓附近的人卻沒什麼好奇心，他們知道，每天，從上午到下午，三十五號前都不斷地有女人站在那兒，蒼白而眼神空洞的女人，年輕的女人。她們總是推開門來，先把眼睛閉上，花半分鐘的時間用腳底去感覺地面在哪裡，確定了之後再搖搖晃晃地重新走向世界。

她的眼睛適應了陽光，但身體仍舊像屬於別人的，自己無法掌握，她緊緊抓住依凡的手。

他們一步、一步地，走進了人潮。

21

她已經脫光了衣服，護士卻還沒來。於是她坐下來，在一張圓凳上。

這是夾在候診室和手術室之間的更衣室，很小，讓她想起百貨公司裡頭賣胸罩的試穿間。胸罩！好久沒穿了。這麼瘦小的乳房，沒什麼好托的。胸罩的作用只不過是一層障礙，把乳頭較深的顏色和形狀遮掉。

為什麼要遮掉呢？

在一個特別熱的週末，她取下胸罩，放進抽屜底層，輕輕鬆鬆地上了街。她知道好像很久以前西方的女性就在公開焚燒胸罩。她也記得看過藍儂和大野洋子相擁在床上的裸照。這些都和她無關。她不關心女性問題，不知道，也不想知道。她自己活得好好的，對嚴肅的理想不曾興起過任何太大的激情。她不會去焚燒胸罩，不會去焚燒任何東西，不管是毛語錄還是國民黨黨證。別人在火光中喊叫、流淚、擁抱、舉拳發誓，她只覺得事不關己。

解下胸罩，只是單純地想輕鬆而已。在台北，她或許還不太敢，但是在海德堡，誰管誰呢？作為一個外國人，一向附著在皮膚上的監督自己的價值細胞就不見了，這，是她曾經理解的解放。

從右邊那個門進來，現在她要從左邊那個門出去；護士在召喚她。

她已經披上一件寬大的棉質手術衣，其實只是前後兩片布，即使如此，她卻因此覺得和醫生握手還不十分難堪。醫生是個高大的中年男人，留著小鬍子，用溫和且職業性的語調和她說話。

「身體移下來一點，」他說，「再下來，一直到這裡。」

她已經半躺著，或者說，坐著，因爲床背往上摺起一個角度，托著她的背脊。

「把腳放進這個鋼環。」護士說著，一邊抓著她的腳幫助她。

現在，她的赤裸的兩條腿向兩邊作最大幅度的撐開，護士把腳固定住。從上面看下去，她的姿態完全和解剖台上被針釘住的青蛙相似，包括牠們大腿打開的弧度，甚至顏色——大腿內側膚色較外側要細白。

在她頭上，懸著一盞燈。

把生殖器完全打開，讓強光照著；她開始聽見自己猛烈的心跳。

還有金屬撞擊的聲音。護士在準備工具。

她側一下頭，發現手術室右邊竟是玻璃，玻璃那邊顯然是休息室。她看見躺椅上有個女人，用毛毯裹著，神色灰黯敗壞，緊閉雙眼，像屍體一樣。她心一緊，是那個長著雀斑的女人。天哪，她怎麼了？

「李小姐。」

醫生手裡已經拿著針筒，一切蓄勢待發。

「李小姐，」他說，拿著針筒的手懸在空中，「我現在要給您打麻醉針了，是局部麻醉，我會打在這裡——」

她感覺他的手指按壓自己身體的裡面（「你還可以改變主意。」），鈍鈍的。

「在那個部位打針，一點都不會痛——」

（「你還可以改變主意。」）

醫生彎下身，她只能看見他的頭髮了，「一點都不會痛，好像蚊子叮——」

（「你還可以——」）

她立刻感覺到針頭的扎進，她「嗯」地出聲，感覺到針頭的長度，一節一節深深刺進她身體裡面的裡面。

（沒有裡面，都被翻出來了。你看過浮鰾被刨出來，然後體腔裡面整個被翻成外面的白溜溜的墨魚嗎？）

「等五分鐘。」

醫生和護士都出去了。她小心地將握緊的拳放鬆。

天花板上貼著一幅畫。秋天，原野上幾棵蘋果樹。蘋果熟得掉在草堆裡，鳥在啄蘋果。

……眼睛張著太累。

「我現在要把你的陰道撐開，」醫生一邊戴塑膠手套，一邊說，「然後用吸的，像吸塵器一樣。」

護士站到她身邊來，壓著她的手，「不要緊張。」

她深呼吸。深——呼——吸——

冰涼的金屬，像鉗子的兩臂，挺進她柔軟的陰道。不痛，但是她清楚地感覺金屬的堅質，撐開下體肥厚的肌肉。她緊緊握拳，深吸進去的一口氣憋在胸腔，不放出來。各種形狀的金屬利器，在燈下閃著光，要一一插入我最受保護、最隱密、最最脆弱的私處。

吸塵器「嘶嘶」的聲音響起來，她同時感覺金屬在子宮裡的重重的撞擊，在很深的地方。

醫生的陌生臉孔，對著我敞開、撐大、被強光照亮纖毫畢露的生殖器。

吸塵器的聲音，同時也像牙醫用電鑽鑿牙的聲音。

她的五官緊繃著，牙齒咬得死死的，脖子僵硬。

護士還按著她的手臂。

吸塵器的嘶嘶噪音也不停。金屬，醫生戴著橡皮手套的手指，不斷地往陰道裡掏動、撞擊，總也不停。

不停。

吸塵器的「嘶嘶」聲，像一條響尾蛇。

20

候診室裡已經坐著兩個女人，分開坐著，顯然不是一起的。

比較胖的一個梳著馬尾，長了一臉雀斑，顯得稚氣。她坐在衣架旁邊，兩手交握著放在肚子上，兩腳平伸出去。她的眼睛注視著自己腳尖，表情木然。

比較瘦的一個面向著窗戶往外看，滾滾紅塵在十樓之下。她的緊身長褲把腿襯得特別長，是個身段很好的女人。

她們竟然一個人來？

李英覺得驚駭，不自覺握緊了依凡的手，依凡的手也用了一下力，表示回應。

牆上掛著一系列的鉛筆畫，全是粗粗細細的線條構成的抽象圖案。盯久了，李英瞿然一驚，不，這些圖案一點也不抽象。有些像橫切面的梨，有些像剖開的桃核，有些像剝開的釋迦底下的蓮座，啊——李英在心裡驚呼——

這是一系列的女性生殖器解剖圖，橫切、直剖、上半部、下半部、斜面、背面、反過來……

「還要等半個小時，」依凡在她耳邊說，「乾脆下去透透氣？」

她馬上站起來。拉開門時猛烈的勁道讓依凡奇怪地看了她一眼。

他們在三十五號外面的人行道上走著，手挽著手，像一對在散步的情人。他們當然也是。

水果攤上的小販吆喝著，宣告他有最新鮮、沒沾農藥的櫻桃。一個皮膚黝黑的大眼少年抱著滿懷玫瑰花，看見他們，馬上抽出一枝走過來。

「買一枝送給你美麗的女朋友。」

他們搖搖頭，閃開。

噴水池嘩啦啦響著水花噴濺的聲音。幾隻肥胸的鴿子在地上啄食。三三兩兩的孩子穿梭在水柱間，尖聲嬉鬧。

一個肥嘟嘟的孩子開始追逐鴿子。除了白色的紙尿褲，他全身光溜溜，手上腿上是一節節像發粿的肉。剛剛學會走路，鴨子般搖搖擺擺地。也因爲頭大，鴿子沒追到，小小的人往後翻倒，又笑嘻嘻地爬起來。

當胖小子歡呼著向上高舉兩臂時，李英注意到，他手臂的長度還不超過他的耳朵。那眞是又肥又短的小手臂。

往回走到三十五號大樓背風的地方，一個死角，李英靠著牆，在陰影裡。

依凡柔和地看著她，撫摸著她的頭髮，低聲說：

「你還可以改變主意。」

他看了看手腕上的錶。

李英側頭，臉貼著冰涼的牆壁，閉上眼睛；她覺得疲倦，好像長途跋涉走到了路的盡頭。

「我們的選擇，」她說，「沒有你以爲的那麼多。」

依凡一時沒懂她說的「我們」指的是誰。

19

推開門，才知道這個個大霧深鎖的早晨。

她在人行道上站著，深深吸進一口清新的空氣。蘋果枝越過人家的籬笆低垂下來。枝梢懸著晶圓的露水，給晨光映得發亮。世界好像剛剛開始，蓄滿了可能。

不可能也是一種可能。

今天比較早。再過廿分鐘，平常她趕火車上課的時候，左鄰右舍的大門會此起彼落地打開。男人們，穿著白襯衫、深色西裝、打著領帶，手裡提著公事包，穿過各自的花園，走向各自的車庫，鑽進各自的汽車，「轟」一聲汽車發動，駛向各自的辦公大樓。他們的女人，穿著式樣不同的睡袍，倚在各自的大門邊，對著汽車放出的青煙，招手。微笑。

哪裡藏著一隻鳥，啁啾啁啾叫著，孤孤單單一個聲音，好像穿過千重萬重的阻隔從霧樹裡幽幽傳來。

她留戀地傾聽了一會兒，然後往火車站的方向走去。

火車站人很少，還不到擁擠的時刻。

一個女人坐在長凳上，低頭織毛線。粗粗的辮子從肩上垂下來，顯得特別嫵媚，但看不清她的臉孔。

這樣一個女人，李英斜看著女人身上素樸的花格子粗棉裙，散漫無邊地想著，這樣一個女人，一定有個光潔明亮的廚房，廚房牆上掛著乾燥花，花是春天採下來的野菊。她的櫥架上有自己熬的果醬，果醬原來是院子裡的蘋果和櫻桃。這樣一個女人，她的窗子上一定爬著綠色的茂盛的藤葉，烤箱裡一定有蛋糕，快烤熟的時候發出令人覺得幸福的香味……

李英自顧自笑起來，她想到余佩宣。

余佩宣，余老師會說，哈，這樣一個女人，是男人的寵物。有一天，當她不想每天趴在地上擦廚房地板的時候，她就會失去他的寵愛。

余老師會說，男女關係是一種權力關係。女人只要承認、接受男性價值的法統，她就會被愛。這種愛，是條件的交換，是兔子的紅蘿蔔。

不要崇拜革命家，余老師說，最激進的革命家往往同時是關起門來打老婆的人。革命家爲人類幸福獻身，但是女人不屬人類。他要求女人爲他獻身。

李英覺得余佩宣太偏激了，但她不曾與她爭辯過，一方面自己能說出的道理沒有多少，一方面，她畢竟是余老師。

火車開動了，李英從車門望出去，織毛衣的女人卻不動，坐在長凳上，仍舊低著頭，李英這才注意到她織的是件快要成形的嬰兒外套。

她始終不曾看見那個女人的臉，心裡不明所以惆悵著。

依凡在月台上，她一眼就看見，火車尚未停下來。

他背靠著可口可樂販賣機，兩手環抱胸前，無所謂地看著來來往往的人。他的眼裡有一種漠然，好像他和周遭的人沒有一絲關聯。

李英覺得安慰，至少他今天沒有遲到。想完，又覺得自己很窩囊，有點懊惱。

因此當依凡接過她的提包想低頭親她時，她別過頭。

「不重嘛！」依凡故作輕鬆地，「東西都帶齊了嗎？」

她不說話，逕自往前走去。提袋裡有一包衛生棉、幾件紙內褲、一條大圍巾、一卷衛生紙。

他們找到了三十五號之後，因爲時間還早，就在大樓正對面一家咖啡館坐了下來。隔著乾淨透明的玻璃窗，窗外的街景像無聲電影的流動。一個胖女人氣喘喘地拚命扯著一條勇往直前的巨大的獅子狗。一個少年兩手抱在胸前表演特技似地騎著單車。三兩個滿臉鬍鬚的流浪漢歪歪斜斜地倚著郵局的牆角。一個女人推著一輛嬰兒車過去，嬰兒車上撐著一把藍色鑲蕾絲的小洋傘。

然後她看見有人從三十五號出來。男人一手撐開玻璃門，一手扶著一個女人。兩個人慢慢走出來，站在三十五號門口。

女人臉色蒼白，閉著眼睛，似乎站不穩，男人一手環著她的腰。當她眼睛張開時，李英看見她眼神空洞迷離，像一個吃了安非他命失去了靈魂的人。

18

黑色的浪頭翻起又摔下，發出轟隆巨響。

浪花不該是白色的嗎？

來不及想，她已經捲在浪裡，黑色的海水像章魚的吸盤，用強韌無比的力量將她旋進更深更黑的漩渦。

她死命地掙扎，作出游泳的姿勢往前划動，可是她一直在下降，下降，漩渦以窒息的壓力捲住她……

恐懼，像緊勒著喉嚨的黑色的水草，她全身痙攣地往不可測的深淵沉下去，沉下去，沉……

她的嘶喊卡在喉頭。

17

李英看著余佩宣給她的紙條，公園街三號，家庭中心。沒錯。

九點整。

一進去，發覺一屋子都是人，女人。她們的約，顯然比她的更早。今天有得等了。角落裡頭還有一張椅子，在衣架邊。她坐下來，衣架掛著七七八八的衣服就落在她頭上。她偏著頭坐著。

空氣很悶，沒有人交談，也避免眼光的接觸。牆上貼滿了壁報。

強暴專線電話：06221－542461。

怎麼樣和你的女兒談性？

懷孕了嗎？未婚嗎？

愛滋專線……

……

門邊坐著個年輕的女孩，恐怕十五歲都不到，無聊地啃著指甲。身邊的中年婦人翻著膝上的婦女雜誌。她的皮膚相當粗糙，鼻子兩邊刻著深深的法令紋，是一張看起來就令人不愉快同時告訴別人她多麼不愉快的一張臉。

這樣的臉（通常覆在焦黃分叉的頭髮下），到處可見：巴士站、超級市場、美容院（美容院！）……。

坐在李英正對面的女人，只是一堆不時會動的黑布。是伊朗還是土耳其來的回教徒吧？黑色的包頭巾、遮臉巾、衣、裙，把她整個人嚴密地封起來。她又深深低著頭，從李英的角度看過去，她就像一堆蒙了黑布的家具。

所以當這個女人突然抬起頭來，露出兩隻深藏的眼睛，李英像被電光閃到似地嚇了一跳。那是一對黑不見底的山洞裡豹子的眼睛，又圓又亮，帶著叢林的天眞無邪。太被這一對眼睛震懾了，李英過了好一會才注意到眼睛四圍的瘀青。由於黑色臉布遮得密，她只能覺得，但不敢確定，女人的臉孔向一邊腫過去，是一張變了形的臉孔。

小腿極粗的女人在大聲擤鼻涕。

剪了個小平頭、看起來像女同性戀的，翹起一隻腿，對著天花板噴菸。李英厭惡地別過臉去，她討厭菸的味道。

和一般的候診室不一樣，這兒的人，每一個人，都像躲在暗暗角落裡的受了傷的野獸，帶著戒備的、不安的眼光，看著外面光明的世界。

「我來這裡，」李英對自己說，鎭靜！鎭靜！「是想請您給我一些荷蘭的醫生電話和住址。」

「爲什麼去荷蘭？」這位名叫蘇姍的社工人員擱下手中的筆，「這裡不行？」

余佩萱說，德國很保守，許多婦女都到荷蘭去。你尤其不要在海德堡處理問題，這裡是天主教徒的邦，巴不得女人除了子宮之外什麼都沒有。你到法蘭克福去，赫塞州比較開放。

「我聽說，」李英想著余佩宜的話，「聽說，德國很困難，要證明這個證明那個的。我自己的身體我自己決定，我覺得沒有必要經過張三李四的證明、同意——」

「我了解。」蘇姍點點頭，站了起來，從靠牆的玻璃櫃裡取出一張什麼說明書，放在李英面前。

「可是在赫塞州，您其實也只需要兩個手續。頭一個，您跟我說明爲什麼要人工流產——」

墮胎！李英心裡打斷她，不是人工流產，就叫墮胎！

「我的責任呢，」蘇姍繼續說著，一個手指跟著說明書上的條文，「我的責任是告訴您法律上您享有什麼權利，譬如說，如果您決定要生，國家每個月給您多少育兒費；如果不生，您的保險付不付您的手術費等等。」

李英驚詫極了：

「跟您說就可以？您可以開證明？」

「當然！」蘇姍友善地對她笑，有點安慰的意思，「第二個證明得由一個婦科醫師開，她就在我隔壁辦公室。她給您內檢一下，證明您的身體狀況可以動手術。有了這兩個證明，您馬上可以去流產。費用嘛，總共是三百馬克左右，全部包括在內。」

事情出乎意料地簡單，讓李英楞在那兒，一時不能繼續。

「如果您急，」蘇姍讀著手上的資料，「您已經兩個月了，我們可以現在就開始。婦科醫師今天也在，那您明天就可以去動手術了。」

李英木然點頭，心裡卻一團亂。明天？手術？

蘇姍手裡有一疊像病歷表的紙張，提起筆，發出公式似的問題：

「您爲什麼決定終止懷孕？」

李英一下就傻了。

她以爲得折騰地買機器、辦簽證、訂旅館、長途跋涉，那麼在她奔跑的時候，她就有很多很多時間可以好好回想一下這一切是怎麼回事。她還有時間，還有機會，還有選擇，甚至還可以改變，可是就在這裡，完全沒有準備的，「手術」已經開始了它的第一刀……

她垂下眼睛，看見玻璃桌上自己的倒影。格子窗簾被風吹得微微晃動，在玻璃裡和陽光深淺交錯，像波浪一樣詭譎地攪亂了她的影子。

16

看見紅蘿蔔，菲力普眼睛一亮，可是馬上又嘟起嘴：

「我們的兔子不吃紅蘿蔔。」

李英說：

「我不相信有不吃紅蘿蔔的兔子，菲力普。」

他們牽著手往花園走。房東太太在一株蘋果樹下圍了一圈鐵絲網，黑色的兔子懶洋洋地趴在地上，兩隻長長的耳朵垂下來。

「眞的，」菲力普還沒鐵絲網來得高，「我們餵牠紅蘿蔔，牠從來就不吃，連聞都不聞呢！」

李英不相信。

她蹲下來，把一根比拇指粗一點點的紅蘿蔔，還帶著綠色的葉子，從網洞裡塞過去。

兔子扭了扭耳朵，站起來，一蹦一蹦地過來。

菲力普睜大了眼睛，兩手抓著鐵絲網。

「牠來了。」他悄聲說，怕驚走兔子。

兔子湊近紅蘿蔔，皺皺鼻子，嗅了一下，露出批判的眼色，不屑地走開，回到牠原來的地方，斜著身躺下。

「我不相信，」李英說，「天底下沒有不吃紅蘿蔔的兔子。不吃紅蘿蔔的就不是兔子。」

「算了，」菲力普拉起她的手，「幫我削皮，給我吃。」

15

「你活在哪個世紀呀？」

余佩宣背著光，李英看不清她的表情，但很容易想像她挑起眉毛那輕蔑的樣子。她不想來，但她走投無路。

李英對著一整面的落地長窗，太陽白花花地灑進來，像探照燈一樣刺眼。窗外是一排密密的樹叢，長滿了荆棘。有一點點空地。上一回李英來到這間研究室，余老師正往空地上拋玉米，山雀穿過荆棘在地上啄食。

你活在哪個世紀呀？

李英不十分確定余老師爲什麼這麼說。她剛剛講完依凡的部分，最後的一句話是，「我有受騙的感覺。」

「我有受騙的感覺」，怎麼會招來「你活在哪個世紀呀？」

她不說話。她不想聽什麼教訓，已經夠倒楣了，她只想知道她該怎麼辦。

「你說你知道他已婚。他也並沒有拿著槍要你和他上床對不對？是你自己願意的對不對？這怎麼叫受騙呢？是你自己騙自己吧?!」

李英再也忍不住，委屈的眼淚衝了上來，她用手掌捧著臉龐。

余佩宣好像沒看見一樣，索性環起兩臂，把腿長長地擱到她辦公桌上，繼續說：

「你說結婚，才奇怪呢！懷孕跟結婚有什麼必然關係？你跟一個男人同居也可以養小孩，沒有男人獨身也可以養小孩。結婚跟養不養小孩沒有關係，就好像——」

她停下來思索，短暫的懸疑，使李英止住了抽泣。

「好像，好像，愛吃西瓜不一定得一輩子當瓜農吧?!」

這是什麼邏輯，余老師，可是開車總不能沒有駕照吧?人們在耳語，余佩宣愈來愈奇怪……李英開始後悔來找了她。

這麼重要的人生問題。她的前衛觀點根本解決不了現實問題。她沒懷過孕，也許有過，但至少她沒生過孩子，好像也沒眞結過婚，她唯一面對世界的辦法是站到世界邊緣去，以便對世界中心嗤之以鼻，用排斥世界來肯定自己的邊緣。

我不是一個邊緣人，我沒有那個勇氣。余老師，我還要回到台灣去的。你還記得台灣是什麼樣子嗎？

午後的陽光節節逼進，照亮了整個房間，連書架上的書似乎都在吐著蒸騰的熱氣。李英既已否定了余佩宣的絕對權威，她的注意力開始游離。窗外傳進來噹噹的敎堂鐘聲。書架上突出一本《清末上海妓女史》。余佩宣的涼鞋又髒又舊。腳踏車「鈴鈴」響著……。

「怎麼樣？」

「嗯？」

「你決定了嗎？」

「沒有。」

好像不經意地聽見兩個不相干的人偶然的小小的對話。

「身體是你的，不要讓張三李四替你做決定。」

「嗯。」

「跟男人其實沒有關係。」

……

那麼跟誰有關係呢，老師？不是他的精子嗎？為什麼跟他無關呢？人都是孤島，你說，帶著黑色的微笑，可是，為什麼女人必須比人更是孤島呢？我的腹中有另一個人，這是何等重大的事件，不應該驚動玉皇大帝、不應該震撼國家元首、不應該感動所有的人類學者嗎？可是你說我要對自己負責，意思就是，沒有人要對我負責。我得獨自面對肚子裡那一個人；世界如此遼闊，我必須獨自為這個人、這個除了我誰都看不見的人，負責，還有我自己。

我怎麼承擔得起怎麼承擔得起？

為什麼我得比別人孤獨，只因為我有一個子宮？我並不曾去申請一個子宮，我並不曾將它植進我的身體裡。這不是我的選擇呀！老師。

14

麵包店的小姐抬頭看是她，笑了一下。

「一杯咖啡，一個可頌。」

「四塊二。今天一個人？」

她點點頭。

她從俾斯麥廣場穿過來，進入老街。這裡不許通車，行人從容地漫步。夏天，湧進來大量的遊客，老街盛滿了人。李英在小噴泉的邊緣坐下，倚著那個看書的人。

看書的人比她還高大些，也坐在噴泉邊邊，低頭看著攤開在膝上的書，一動也不動。李英無袖的臂膀倚著他冰涼的銅臂。

鴿子在看書的人頭上撒下一泡白色的屎。然後拍拍翅膀，飛走。

哪裡傳來歌唱的聲音。女高音，那樣流利優美的人類的嗓音，像彩虹驀然在噴水中浮現。

李英追尋歌聲來處。

斜對面的水果店前，兩個女人一站一坐，正縱聲高唱，現在，她聽見了女中音的混唱，低迴地襯著高音的明亮，好像墨綠的葉子托著白蓮。一個年輕的男人在一邊彈著吉他伴奏。

李英被深深地打動。人間只要還有這麼美麗動人的聲音，就值得愛。就爲這純潔的、洗淨一切污穢的歌聲啊，我就可以再站起來。

她低下頭，眼淚滿了出來，滴在布裙上。她就這麼低著頭，傍著那看書的人，敞開整個心靈聽歌聲的流蕩、洗濯。

余老師在研究室裡等著。

13

她的嘶喊卡在喉頭。

恐懼，像緊勒著喉嚨的墨色的水草，她全身痙攣地往不可測的深淵沉下去，沉下去，沉

……

她死命地掙扎，作出游泳的姿勢往前划動，可是她一直在下降，下降，漩渦以窒息的壓力捲住她……

來不及想，她已經捲在浪裡，黑色的海水像章魚的吸盤，用強韌無比的力量將她旋進更深更黑的漩渦。

浪花不該是白色的嗎？

黑色的浪頭翻起又摔下，發出轟隆巨響。

12

放下電話，她怔怔地坐在床沿。腦子裡一團糊塗，不知該從哪裡想起。

「跟我去莫斯科吧！」他說。

跟你去莫斯科？什麼意思？那你的太太呢？你的三歲的小孩呢？他們怎麼辦？

不怎麼辦。他說。

他們住他們的，我們住我們的。

你是說，我去跟你同居？

對呀！你還可以教我漢語呢！

李英突然停下來，覺得心裡一片空白；怎麼我好像在跟外星人談話？難道在蘇聯，我是說俄羅斯，他們不是一夫一妻制嗎？怎麼我覺得天都要垮下來了，他卻連問題的影子都看不見呢？難道在俄羅斯，同居、外遇、未婚生子、私生子、通姦、嫉妒與背棄，都不是問題嗎？

跟我去莫斯科吧！他說。

怎麼活呢？那個城市，不是連香腸和麵包都買不到嗎？那個城市，你自己說的，在冬天，路上只有骯髒泥濘的雪和臉色青黃的窮人。那個城市，也是你自己說的，依凡，人們只擁有兩種技能，一個是革命，一個是文學，可是革命和文學都做不成麵包，所以人們爲了換取麵包，只好出賣，出賣他們唯一的技能，出賣他們的鄰居，也出賣他們自己。如果情況需要，他們也會出賣靈魂，可是靈魂，他們缺貨。

這樣一個城市，依凡，你要我去和你同居，然後生下一個孩子（這將是一個冬天的孩子）？你是說，我可以在上午教你漢語，下午，將嬰兒綁在背上，踩著髒雪，去站在隊伍裡爲孩子買牛奶和麵包，然後，晚上和你做愛？

依凡，我向來對革命沒有熱誠，對文學沒有天分。我幾乎沒有理由投奔那個城市，除非爲了愛情。

問題是，現在，愛情究竟是什麼，我也搞不清了（我曾經以爲自己很清楚的）。我現在只能用我的子宮思考。

用子宮思考。

11

菲力普在人行道騎三輪車，看見李英，跳下車，蹦蹦連跑帶跳趕過來。拉著李英的手。

「英英，」，他說，「走，媽媽買了一隻兔子，帶你去看，黑色的，長耳朵。」

兔籠擱在廚房桌上，菲力普太矮，他拖了張椅子過來，爬上去。

「牠喜歡吃蒲公英的葉子，你知道嗎，英英？」

李英說不知道，她以爲兔子喜歡吃紅蘿蔔。

「我好想抱牠睡覺，」菲力普說，「可是媽媽說牠身上會有跳蚤咬我。」

李英摸摸小男孩的頭髮，說：「猜我要給你什麼？」

小男孩興奮地將兩手伸出來，手掌併攏向上，閉起眼睛，「我不看。」

「準備好嘍？」李英把東西放在他手心上，「一、二、三，張開！」

是巧克力做的一隻兔子。

菲力普連謝都忘了，跳下椅子，往花園奔去，「媽媽——媽——看英英給我什麼——」

房東太太走進來，兩手都是泥土，笑嘻嘻地說：

「你把他寵壞了。依凡來電話，說要你一到家就打回去。他打了好幾次呢！」

李英往她房間走，菲力普黏著要跟上去，被母親叫走。電話鈴滴溜溜響起來。

「一定是你的。」房東太太丟下一句話，往車庫走去。

10

吵得很。

幾十台電動遊戲發出各式各樣的模擬聲響：警笛聲、衝鋒槍聲、子彈聲、救火車聲、救護車聲、爆炸聲……。

然後還有店老闆放的重金屬音樂，一擊一擊地撞著耳鼓。

李英忍耐著，站在一台塗滿火焰的吃角子老虎旁。

依凡坐在那兒，左手握著錢幣，右手操作老虎的長柄，不時拉上拉下，兩眼牢牢盯著機器，機器對著他的眼睛閃著時紅時綠的光。

這已是第三次依凡說「等一下」了。

「依凡，我有事要告訴你。」

「什麼？」依凡扯著喉嚨，他必須大聲才能壓過金屬的巨大噪音。

嘩啦啦啦錢幣撒下來。依凡用拳頭捶了老虎一下，樂不可支地笑著。

「什麼？」他又大聲回了她一句，可是眼睛注視正前方。

「走——」她彎腰對著他的耳朵，「我有事要跟你說。」

當依凡第四次說「等一——」，她直起身，隔著吃角子老虎，用喊的：

「我——懷——孕——了。」

聲音傳到依凡耳中，卻極微弱；隔壁那台機器正發出拉警報的尖銳笛聲。

9

她叉開兩腿，跨在馬桶的兩邊，然後把紙杯對著陰道。

即使小心，還是免不了讓尿濺到手指。將溫熱的紙杯擱在水箱上，她先轉身洗手。

一切準備就緒，她蓋下馬桶，坐下來。

只要五分鐘，紙片上的顏色就會告訴你結果。那個圈圈若呈粉紅色，你就懷孕了。

測孕器擱在洗手台上，剛好在她眼睛的高度。早上第一泡尿，夠純夠濃的，僅僅一分鐘的時間，她看見那個逐漸變潮的圈圈已經轉成桃紅，鮮明的桃紅。

她把尿沖下馬桶。

8

他離開了她的身體，轉過來擁著她。兩個人彎向一個方向側躺著，像一串蝦。對著窗。白色的窗簾在風中微微擺動。

現在她知道窗外的風景是什麼了。一條小路，兩邊植著櫻樹（可惜沒趕上它開花的季節，人們說花的顏色是桃紅色的）。路的盡頭是墳場。不遠，三百公尺吧。

那天早上聽見的一隻孤寂的鳥，想必是在墳場裡頭唱歌。

「依凡。」

「嗯。」

「你上課怎麼老遲到？」

「嗯——」他慵懶地說，「因爲我老找不到後門進去。」

「什麼意思？」

「你不知道嗎？」他的手指劃過她的臉頰，「社會主義國家的人只會走後門。」

「依凡。」

「嗯。」

「你為什麼這麼酸呢？」

他突然坐了起來，她於是也轉過身來平躺著，往上看著他。

他正端詳著她，手裡玩弄著她一撮頭髮，輕輕說：

「怎麼中國人的頭髮這麼黑，這麼亮，灑在雪白的枕頭上——」

「依凡，你為什麼這麼酸？」她把兩臂往上，枕在腦後。

「哈，」他又發出那種不知對著誰的嘲笑聲，「我不但酸，而且窮。我們除了酸和窮，一無所有。」

「我不相信。」

「你又用那個詞了。」

「我不相信你們一無所有，依凡，」她極誠懇的，試圖使他也誠懇起來，「你們有托爾斯泰，有屠格涅夫，有杜斯妥也夫斯基，你們不是一無所有的。」

「托爾斯泰屠格涅夫杜斯妥也夫斯基能幫我買到柳橙汁嗎？」

她不說話。

他把下巴靠著膝蓋，抱著腿。

「我沒告訴你我父親是幹什麼的吧?!他是政治學教授，東西策略研究所所長。他到東京去開東西策略研討會，到哪裡都大牌得很。

「可是有一天在會場，他幾乎渴死。因爲那天不知道爲什麼沒有提供茶水，大家只能從一個機器裡頭買可口可樂。他渴了一整個下午。因爲他沒有錢幣可以買飲料。

「沒有錢，不是忘了帶。」

她坐起來，想撫摸他的頭，手動了一下又收回來。

「你知道我有一條很長的皮帶？」

她點頭。是的，掛在櫥子裡，很長，可以讓一個兩百公斤重的大胖子繫上。

「那是我爸爸的，他比我還瘦。他被請到美國去開會，就穿這條皮帶，在肚子上圍上兩圈。

「爲什麼？因爲平常根本買不到皮帶。一旦在店裡看到一條皮帶，當然搶著買下來；不管它多短多長，皮帶總是皮帶。

「你懂嗎？」

她點頭。

「你知道我爲什麼知道那麼多的中國歷史和政治？」

她伸手撫著他的臉頰，用請求的眼光，說：

「不要說了。」

他把她的手拿開。

「因爲我是政治關係研究所畢業的，專門研究過遠東問題。那個研究所，只有高幹子弟進得去，我也算高幹子弟當然。我和赫魯雪夫的孫子同班呢。」

「不要說了，依凡。」

「你知道我爲什麼能來德國進修嗎？因爲我有老爸的關係，走了後門。當然也不是我一個人走，我不走別人會走。我靠著老爸的關係招搖撞騙，不靠老爸關係的時候，就靠男女關係——」

李英倏地一下跳起來，下了床，開始急速地穿衣服。背對著伊凡，不讓他看見自己的臉。

她走到門口，站著。

扶著門，慢慢回過身來。

依凡定定地看著她，眼裡有說不出的憂傷，就像那晚在酒館裡見到的。

7

大大小小的盒子堆在小桌上，一共有八個。每一個都用色彩鮮麗的包裝紙包著，然後用彩帶紮起，打出一個漂亮的蝴蝶結。

李英坐在床沿，看著依凡將盒子一個一個拆開，取出裡面的東西：四十一號襯衫、領帶、眞皮製的男用錢包、鱷魚皮帶……三十九號阿迪達白色運動鞋。

她以愛憐的眼光看著依凡脫下原來穿著的恤衫，拔掉新襯衫上的細針，穿上。

她等著依凡彎身吻她。

他彎身吻她了，一面說：

「你們就是這樣。」

「你們」？誰是「你們」？什麼「這樣」？

「你們資本主義國家的人就喜歡這個，」他在扣襯衫上的釦子，「過生日一定要送禮物。」

李英覺得受傷。

「有什麼不好嗎？」

「沒有不好，」依凡拿出運動鞋細看，很滿意的樣子，「只是不同。」

「眞有那麼不同嗎？」她說。

他們剛吃過晚飯，各人一盆什麼都放進去的沙拉。她清洗了碗盤，挨坐到他身邊去。

電視開著，音量放得極低，他按著手中的遙控器不斷地在換節目。電視不斷閃著光。

「你們有共青團，」她看著他側面，用手指摸著他的輪廓，「我們也有反共青年救國團，簡稱起來也叫共青團。」

「差得遠呢，小東西，」依凡笑著，「你不會說這個——」

他站起來，板著臉，用最單調乾扁的聲音說：

「在馬列思想的領導下工人階級及農民共同結合爲整體社會利益奮鬥消滅資本家及地主剝削社會主義制度以共同社會利益締造最高形式及實質之民主運行機能——」

一口氣說到這裡，然後，像教徒說「阿門」一樣，他虔敬地說：

「狗屎！」

李英開心地大笑，放肆地用光腳踢了下依凡，說：

「這個我也會，你聽：生命的目的在增進人類全體的生命生活的意義在發展宇宙繼起的生命全國軍民同胞們——」

嘻笑之後，他們漫不經心地瞄著電視。看起來像良家婦女的女人突然聞樂起舞，做出妖嬈的動作，卸掉外套。原來是脫衣舞。製作人找來普通婦女——洗頭髮的、賣菜的、護士、店員、小秘書，模樣愈平庸愈好，愈平庸就愈能讓觀衆認同。

這些女人賣力地扭著屁股，身上只剩下黑色蕾絲三角褲了。

主持人，一個頭髮顏色像洗碗水的男人，跳上舞台，在一個稍胖的女人屁股上響亮地拍了一下。

「你愛她嗎？依凡。」聲音幽幽地。

「什麼叫愛呢？」依凡眼光現在不離開電視了，「你說什麼叫愛呢？」

李英遲疑了一下，「我不知道。可是你們結婚四年了。」

「結婚？」依凡斜睨著她，「如果不結婚，我們就不能申請住房，就得和父母住在一起，做他們的乖兒子。當然要結婚。」

「就為這個結婚？」李英睜大眼。

「還為什麼？」依凡用手指勾了勾她臉頰，這是他習慣的親暱動作。

「那——」她想起照片上那個坐在馬桶上的金髮小孩，「孩子呢，你愛孩子嗎？」

從主持人身後閃出一個穿著比基尼泳裝的女人，隨著音樂扭著扭著出來，踩著極高極細的金色高跟鞋。

她的兩手反綁在身後，她的嘴裡塞著一塊布。

她扭著扭著，跳著跳著，眼裡一派風騷。

「我平常住父母家，每個週末都會回去看孩子。這算不算愛呢？」

「為什麼又住父母家呢？」

「比較自由。」

「那為什麼結婚、為什麼生小孩呢？」李英轉過來面對著依凡，一臉困惑：

「你不相信愛情、親情嗎，伊凡？」

依凡伸手摟住她的肩膀，讓她倒在他懷裡，寵愛而縱容地用鼻子摩擦她的鼻子，輕聲說：

「你知道我爲什麼喜歡你嗎，小東西？」

李英搖搖頭，鼻尖擦過他的鼻尖。

「因爲你常用『相信』這個詞。在整個莫斯科我還沒碰到一個會說這兩個字的人。男人或女人。」

他深深地吻她。

6

朦朦朧朧蜷睡在霧裡，李英的眼皮顫了一下，神智在夢和醒之間游移。神經纖維像含羞草的細葉，一絲一絲張開。

我在哪裡？

光，透過白紗窗簾的過濾，薄薄地映進來。是宇宙的初光，晨曦。

鳥的叫聲，一隻鳥，啁啾啁啾地一溜串一溜串叫著，似乎穿過千重萬重的阻隔幽幽傳來。初光裡第一隻鳥。

李英閉著眼聽鳥，心情像一匹在淨水中漂洗過的白布，縐縐的水紋透明晶亮。

她很想知道窗外的風景，很想知道鳥在哪裡。

用手摸摸依凡的臉頰，刺刺的，原來男人的鬍子像春草一樣，在雨潤的夜裡抽長。

窗簾飄起，讓風闖進來，撞著她的臉。她微笑，覺得臉上的汗毛像小草受風撫過，天地初醒的第一縷風，還不曾沾到人的濁氣，直接從清新帶著草香的原野吹來。

第一次可以這麼美好。她輕輕喟嘆。

5

他們在一家酒館裡碰頭。第一次的約會。

酒館裡煙霧繚繞，盡是抽菸的人。高高的吧台上坐著的，多半是頭禿了、肚子大了的中年男人，看樣子是常客，不必說話，酒保——一個禿頭大肚的中年男人，就把某一種酒遞過去。

圍著酒吧台，每一張高凳上都坐著一個頭禿了、肚子大了的中年男人，臉上有相似的酒精引起的遲鈍癡呆，還有一點和年齡有關的委靡。

中年男人，事業已經蓋棺論定，不必再用手肘擠開別人往前衝刺，和家裡的女人已無話可說，兒女已成長，即使未成長也是女人的事情；中年男人，每個週末晚上到酒館來，坐上自己熟悉的高腳凳。到八點，每張凳子的人都到齊了，雖是陌生人，看看彼此的禿頂大肚，遲鈍癡呆和委靡幾乎是一種秘密的語言，把他們結合在一起。

幾杯酒下肚，這世界還眞他媽的過得去。

李英約依凡來這裡，因爲這裡便宜。

他們用德語交談。台灣德文系畢業的李英覺得自己已深入德國社會，她以地主的口氣幫依凡點菜：

「不要豬腳，太大盤了。排骨肉加酸菜還可以——你要不要馬鈴薯？」

依凡卻四顧打量著酒館的客人。音樂低低地響著。朦朧而溫暖的燈光照著一絲絲、一縷縷的青色的煙。角落的一桌人快樂地唱起歌來。

依凡點了菜，卻悶悶的，不太說話。半晌，他開口，近乎自言自語：

「……倒好像他們是戰勝國似的。」

李英睜著大眼望著他。

「你知道列寧格勒圍城的歷史嗎？」

李英搖頭。

依凡倒笑起來，用手指刮了下她的臉頰：

「你們在台灣學不學世界歷史？」

李英馬上像貓一樣弓起背、展出獠牙：

「我爲什麼要知道列寧格勒的圍城？你聽過南京大屠殺嗎？」

她交叉雙臂，揚起下巴，驕傲地看著依凡。

這種驕傲的姿態，還是從余佩宜那兒學來的。在一次中國學生的聚會上，一個讀法律的男生叙述一個德國記者如何在台灣發現希特勒被中國人崇拜，他如何如何駭異中國人對納粹暴行如何如何的無知。法律系的男生覺得相當丟臉。余佩宣一直坐在那兒抽著菸。她突然說話：

「你可以問那個德國記者對日本暴行了解多少。他如果不清楚南京大屠殺和二〇三高地是怎麼回事，他就沒有資格批評中國人不了解納粹。」

所有的學生都靜下來。

「他們的歷史並不比我們的來得尊貴。」她說。停下來，對著燈噴出一口菸。

學生等著她繼續，她卻閉了嘴。

整個晚上，一直到走，她就只抽著菸。

「怎麼樣？」李英交叉著雙臂，睨著依凡，心裡閃過一個念頭：我什麼時候也試試抽菸看。

依凡又笑了，笑的時候，眼睛非常嫵媚，好像會出水似的一雙眼睛。

「南京大屠殺，」依凡靜靜地說，「發生在一九三七年十二月。日軍進入南京開始屠城。中國方面說有三十萬人死亡，日本方面——極右派說屠城是中國人編造的。」

李英不眨眼地瞪著他。

女侍把飲料擺上桌。依凡好整以暇地呷了一口柳橙汁，然後說：

「你知道汪精衛嗎？」

李英嚇了一跳，開始結結巴巴起來，「汪精衛，嗯——」

她努力回想最近一次接觸這三個字是，是高中時代，準備聯考的時候，那是十年前了。

「漢奸。」她說，「漢奸。」

她舒一口氣，假裝忙著喝飲料。依凡卻不放過她：

「爲什麼是漢奸?他做了什麼事?」

李英放下杯子，支支吾吾地，「他——他——算了。我只知道他被槍斃了。」

「對不起，」依凡促狹地地瞅著她，「他是病死的。」

「哦——」她訕訕地，覺得熱，然後想起更重要的問題：

「你怎麼知道那麼多中國歷史?」

「排骨酸菜哪一位?」

女侍端上盤子，笑容滿面的。

「炸豬排?」

依凡很容易地成爲李英自那晚之後朝思暮想的人，不只因爲他有一對水靈靈的眼睛，更因爲，他是第一個，在她認識的男人之中，第一個既知道汪精衛的生平又知道列寧格勒圍城歷史的人。

「他們先是把貓兒狗兒殺了吃。後來吃城裡的老鼠，再後來，到圍城末期，有人開始吃自己的孩子，交換著吃，我吃你的孩子，你吃——」

李英擲下刀叉，皺著眉，「不要說你不要說了！」

角落裡的歌聲突然變大，男男女女手挽著手，隨著節拍搖晃起來。

依凡早已吃完。他默默地看著那一桌快樂的人，柔美的眼裡竟然有一種憂傷，李英不理解的一種憂傷。

她身不由己地被吸引著。

當他向她走來，披著白色的浴袍，鬍子刮得極乾淨，全身散著香皀的氣息，當他這樣向她走來，她什麼念頭都沒有，只是等待，等待他張開他白色的浴袍，將她裏進去。

他張開白色的微濕的浴袍，露出蜜色的精瘦的身體，將她裏了進去。

她感覺他的身體有浴後的清涼，自己的身體卻滾熱。

他極熟練地解開她的黛安芬胸罩。

4

老么：

很久沒有你的消息，頗掛念。

媽媽出院了，你可以放心。聽說台灣每四個生產過的女人中就有一個割了子宮。滿街走著的都是沒有子宮的女人，想想看！不知道是一種失去，還是一種獲得。

最近覺得身體不怎麼好，接近四十歲，開始腰痠背痛。你記得生萍萍之後我有子宮下垂的毛病吧？現在只要稍微累一點，子宮就會突出來。我真怕它會掉下來，掉到馬桶裡，上廁所的時候。

有一次我大夜班。一個老女人按了燈把我叫去，要我把她的痔瘡推回去。我伸手下去，摸到一團黏糊糊、熱呼呼的東西，把它塞回她的下體。塞進去之後，才發現那團東西不是她的痔瘡，是子宮。

你大概覺得噁心，我不覺得，婦科待了那麼久，什麼都見過了。

和你姊夫還是老樣子。他星期一到星期四不回家，下了班直接到那個女人那裡。周末回來陪孩子，有時候，甚至和那個女人一起來。

我已經看開了。婚姻保持著，只是為了讓孩子心理平衡。其實建國也找到了他的平衡——他有妻子也有情婦，有安全又有自由。對男人而言，這大概是天堂了。覺得空虛的是我。從醫院回來，人已累極，還要看孩子的功課。只有半夜裡，尤其是上夜班空下來的時候，真不知道自己在幹什麼。為孩子活嗎？他們很快就會離開我。為丈夫嗎？他正躺在另一個女人身邊。為我自己嗎？我自己什麼都沒有。

爸爸要我鄭重告訴你：你已經廿八歲了，要留意對象云云……不必我寫，他要說的你全知道。邵伯伯從加州回來，跟爸爸說他有個朋友的什麼的什麼今年三十歲，有博士學位、綠卡，無不良嗜好等等等，爸爸聽得一楞一楞的，要你下個月回來時和那個人相一相。

老爸好像忘了當年的建國也是三十歲、有博士、綠卡、無不良嗜好等等等而和我相上的。現在他提到建國就咬牙切齒。

算了。滿紙牢騷。其實沒那麼糟。我想我只要能再戀愛一次，人生就會不一樣。可是一個腰痠背痛、子宮下垂的四十歲的女人（忘了說陰道鬆弛），沒有什麼戀愛的機會了。男人和女人就是不一樣。

你還年輕，好好把握。

等你八月回來，讓我們寵寵你。

惠

3

利用十五分鐘的下課時間，她穿過街到對面去買一杯鮮搾的柳橙汁。

小販立在一支五顏六色的大陽傘下，笑嘻嘻地看著顧客迎面而來。

眞便宜，她想，接過杯子，在台北，她喝過相當於十馬克的柳橙汁，這裡只要兩塊半。多奇怪，這個國家還不產柳橙橘子呢！

「你知道資本主義國家和共產主義國家的不同嗎？」有人在她身後說話。她轉過來，是個高高瘦瘦的年輕人，有雙特別亮的眼睛，像清澈的山裡的湖水。

她矜持地微笑一下，禮貌地不置可否。和陌生男人搭訕，不是她的習慣。

他抽了一口菸，說，「教室裡空氣不太好。」

她才發現他就是今天早上新到的學生。不能算陌生人了，她放鬆下來。

「你剛說有什麼不同？」

依凡甩甩額前的頭髮，把菸丟了，用鞋底踩熄菸蒂。

「柳橙汁。」他說。人高，站得又近，所以俯視著她，「資本主義國家有柳橙汁，共產主義國家沒有柳橙汁。這是百試不爽的定律。」

他們並肩往教室走去。李英邊走邊吸著果汁。

「咦，」她看他一眼，「那你爲什麼沒買一杯？」

他「哈」地笑一聲，像在嘲笑什麼人，瀟灑地揮揮手，「我沒錢。」

「忘了帶錢？我可以借你呀！」

他用手指劃了一下她的臉頰，讓她一驚。覺得這個人孟浪。

「不是忘了帶錢，」他說，「是沒錢。」

進了教室，各自走向各自的座位。分手前，他對她戲謔地眏眼：「你碰到過有錢的蘇聯人嗎？」

李英楞楞地看著他的背影。他的腿很修長。

沒有。她沒見到過有錢的蘇聯人，她根本就沒見過蘇聯人。俄國大鼻子，蘇聯人就是專門偷偷搬動中俄邊境界石的侵略者大帝國，不是嗎？

她唯一「見」過的蘇聯人是齊瓦哥醫生，可是那是奧瑪雪瑞夫。奧瑪雪瑞夫好像不是俄國人吧？

依凡的鼻子也不大，而且彎的弧度很好看。

2

房東太太在廚房裡咆哮，菲力普哭哭啼啼地跑向院子。

李英往廚房裡頭張望了一下，太奇怪了，她幾乎從來不曾聽她對孩子大聲過，那麼一個輕聲細語的媽媽。

房東太太看見她，有點不好意思。攏攏亂了的頭髮——廚房裡一股油煙，一反平常的乾淨。

「哎，」她說，「倒車的時候撞到柱子，把尾燈給撞扁了。眞倒楣！」

「在哪裡？」

「幼稚園前面。還好不是撞到別人的車。」

她邊切黃瓜邊說，一副苦惱的樣子，皺著眉頭。

「修車貴嗎？」

「不多啦！」一片黃瓜掉在地上，她彎身去撿，「兩百塊吧！不過菲力普的爸爸會很生氣。」

她看起來十分憂愁。

李英到院子裡去幫看菲力普。

這裡當了三個月房客了，還沒和男主人打過照面，實在奇怪。早上，男主人通常在她出門之前就走了，她通常可以聽見大門「碰」的一聲關上，然後「轟」一聲汽車引擎響起。晚上，當她上完夜課或和朋友聚餐回來時，家裡靜悄悄，微微地可以聽見他們房裡電視的聲響，也不知男主人回來了沒有。

房東是一個保險公司的總經理，責任重大使他早出晚歸。

兩百塊不是太大的數目，連李英都丟得起；房東太太怎麼會這麼緊張呢？

菲力普坐在木蘭樹一枝樹幹上，兩條腿晃呀晃的。

李英隔著層層樹葉，嘴裡發出「喵嗚」的聲音。

「誰？」菲力普豎起了耳朵，「誰？」

「喵咪在找另外一隻喵咪，不知道在哪裡。」

小男孩「呼」地跳下來，一手掀開樹葉，「喵嗚」叫了一聲，「我在這裡在這裡。我是大黑貓你是什麼喵？」

她牽著大黑貓的手，向洗手間走去。經過廚房，聽見裡頭抽泣的聲音。

1

從曼海到海德堡還有足足十分鐘的車程，李英已經迫不及待地守在車門口，夾在她兩只大皮箱之間，聽著火車轟隆轟隆往前奔走的晃盪的聲音。

窗外田野遼闊。成熟的麥田盛著滿滿的黃色的麥穗，有些已被收割，留下粗粗的麥根。黑色的烏鴉在麥田裡啄食，時不時張開龐大的翅膀從麥田的一角飛往另一角。

她不敢相信自己的眼睛。在田野結束、森林開始的地方，一隻鹿，一隻鹿在奔跑。牠從森林裡突然閃出來，沿著林線在田野上躍起，和火車的方向平行向前奔跑。

淺褐色的毛上有深色的斑點。

眼睛像兩隻發亮的黑鈕釦。

牠跑向哪裡？

李英不敢眨眼，怕失去鹿的身影。牠跑向哪裡？

但是火車稍轉了個彎，鹿就不見了。

她心猛烈地跳著，竭盡眼力地往後面的田野張望。只有深色的森林和淺色的麥田。

在原野和森林中奔跑的一隻鹿。

她覺得心裡漲滿了期盼和快樂，還有一點莫名的緊張。

火車緩緩進站。她的兩隻手握住皮箱的把手，看著站牌。

海德堡。

她的眼睛熱起來，心裡漲滿的感覺激化成淚水湧進眼眶。我來了，海德堡，我來了。做我的森林，做我的田野，做我奔跑的地方。生命裡所有的可能都從這裡開始。你是一扇敞開的門，可是跨過你，不是進入另一個裡面，而是離開我背後的密密圍起的空間；跨過你，我就到了外面，無邊無際無涯的外面。

跨過你，我就出去了。

所有的可能，像滿地繽紛繁茂的野花，全在門外。你是門。

我要跨出去了。

0

兩個人手牽著手，跨出大門，腳步遲疑不穩。

一離開門檻，他們相互看了一眼，在彼此的眼中認出同樣的恐懼和不安；他們同時回頭。

門正無聲地闔上。他們的眼光瞥見闔上前最後一刻從門隙裡露出來的綠色，他們熟悉的綠色，今生今世再也見不到的一種綠色。

園子的東邊射出奇怪的晃動的火光。

他眺望著火光，心裡透徹明白。

他對較矮的她說：

「走！」

她驚異地抬眼看男人，他聲音裡的權威性是全新的。

她反抗的念頭一閃即滅。

「是。」

低下頭，她說。

男人和女人走在長著荊棘的土路上，他們困頓的背影被園子東邊的火光照亮，但漸行漸遠，愈來愈渺小。

找不到左腿的男人

手，從右腿摸索到左腿上，

停了一下，然後開始慢慢地往下移動。

當手摸到膝蓋時，他抬頭注視薩克斯，

心虛地，聲音不穩地說，

「這個——這個是我的左腿，

是左腿，沒錯吧？」

1

「沒有想到是這樣一棟房子！」張勝捷說，然後掏出褲袋裡的手帕擤鼻涕。

江力廉瞥他一眼，「為什麼不用衛生紙？」她想到老是黏黏糊糊濕濕的手帕交給她洗。但是她並不打開皮包，找衛生紙給丈夫；她被眼前的建築吸引了。階梯蜿蜒，花木扶疏。綠油油的爬藤覆蓋著一整面牆，一陣風吹過，葉影翻動，嫵媚極了。一路走來，一直在找一棟辦公大樓之類的現代建築，四面都是望得出去的透明玻璃，沒想到國際知名的「神經精神研究所」躲在庭院深深，重重遮掩的古老房子裡。

張勝捷走在前面。只是三兩段石階，抵達門口時，他卻已有點氣喘。久不運動的他，腹部突出，皮帶繫在肚子下邊，褲子時不時往下滑。現在，他兩手抓著皮帶，用力將西裝褲往上提一下，才伸手推門。門極厚重，緩緩地打開了。地上顯然鋪著極為厚軟的地毯，因為踩下的腳步悄然無聲。

老屋的雍容華麗，令人心虛。江力廉站在丈夫後頭，讚嘆地看著旋轉而上，雕刻精美的木質樓梯，光澤柔和的木頭散著淡淡的蠟香。由於陰暗，頭上吊燈亮著，玲瓏水晶迸出光芒，江力廉注意到牆上一面寬大的穿衣鏡，直抵地板。鏡子裡出現了張勝捷，他擋在妻子前面，從屁股後面的褲袋裡抽出一隻梳子，對著鏡子梳理頭髮。

鏡子突然向他逼過來，他驚了一下，忙往後退。鏡子原來是一扇門，走出來的薩克斯教授沒注意到來客的受驚，只顧伸長著手要和他握手，嘴裡說，「對不起，接一個電話，讓您久等了！」

張勝捷也伸出手去，發現手裡的頭梳，遂自我解嘲地一笑，「您看，頭髮越少的人越需要梳子！」

薩克斯長得又高又瘦，一臉理不清的黑鬍子，江力廉覺得那樣子眞熟悉，好像在哪兒見過，記憶裡搜了一下，當他對她伸出長長的手時，她才確定，沒見過，這個人只是長得像圖片裡的林肯罷了。

2

小房間倒又簡樸得意外。粉刷的白牆上沒有一幅畫。一張極大的書桌，凌亂地攤著攤開的書和紙張，加上幾張椅子。門後立著一個骨董櫥子，櫥門上端刻著年代，一五一六。江力廉坐在角落裡，看著薩克斯在桌上翻找東西，張勝捷坐在書桌邊，落拓地翹起一隻腿搖著晃著，兩隻手習慣地圍抱著肚子，說，「有十五年了吧?沒想到您會成爲神經科權威。史密教授說您才得了萊布尼茲獎，不得了呀！」

「您去見過他了嗎？」薩克斯轉身，手裡拿著好不容易才找到的小鎚子。

「當然啦！我們上星期到，第一個就是去見他，好多年不見了，他精神還是那麼好。以前在他手下做論文的時候，被他磨死了，現在卻成了好朋友。不是他，我還眞想不到要來找您呢。」

薩克斯彎下腰，對準張勝捷的膝蓋猛敲了一下，張勝捷的腿往前彈起來。薩克斯滿意地點點頭，說，「他說您在台灣是個很有名的政論家了，請把鞋子脫掉！」

「您說脫我就脫，可是我得先跟您講清楚，我好得很，身心健全，除了掉頭髮……」他彎下腰去解鞋帶，「政論家嗎？台灣是個淺盤子，要出名很容易。我只是想讓人們了解康德，了解康德的社會不會膚淺，不膚淺就不會墮落——」

「德國人自己不見得就了解康德，襪子，不見得不墮落呀，」薩克斯站起來，「還有襪子，我馬上來。」

江力廉有點無聊地看向窗外，是個院落，一個人在掃地，穿著白大褂，頭戴白帽，低著頭掃地。地上看起來空空的，不知在掃什麼。無謂地又將目光收回，發現沒有畫的白牆上掛著好幾面鏡子。這是個形狀不規則的房間，轉彎抹角有好幾面牆，竟然每一面牆上都有一面鏡子，每一面鏡子不可避免地收攝進另一面鏡子，另一面鏡子又收攝另一面鏡子又收攝一面鏡子一面鏡子一面鏡子……目光穿過無數個空間的迴廊，越進越深越遠，江力廉極盡目力追索幻象的層層鋪排，爲它的詭譎困惑，隱隱中覺得危險，莫名所以的危險，想收回眼光，卻身不由己。

鑰匙的叮噹聲使江力廉鬆了口氣。薩克斯走進來，晃著手裡一串鑰匙。

「怎麼這麼多鏡子？」

「我喜歡鏡子。」

薩克斯面對張勝捷坐下，「在我這裡等的人永遠不會無聊，請把腳抬高一點，我要試試您的反射功能。」

他用鑰匙去搔張勝捷的腳板心。張勝捷任他擺弄，顯然地不關心他在弄什麼，繼續以前的話題：「膚淺也有程度的不同。你們的政客至少受制度控制，我們的政客把民主當工具。我每次幫朋友助選，演講就講康德的 Zweck an sich，如此行動，即無論在你的人格還是其他每個人底人格中的人，你始終同時當作目的，決不當作工具來使用……」

「很有趣，」薩克斯抬起頭，「您為什麼不對選民談孔老夫子呢？不過，您還眞沒變。他從前就這麼愛辯論。」

最後一句是講給江力廉聽的。

「左腳也要脫。」

「史密說您也在這裡讀過書？」薩克斯轉過身來面對江力廉。

「對，我們在這裡認識的。不過我沒讀完。」她緊接著問，「為什麼今天這麼靜？好像沒人上班？」

「今天是節日，耶穌上天，放假。」

「您是特別爲我們來的?!」江力廉不安起來。

「你們老遠跑來，當然嘛！」

薩克斯回過去看張勝捷，驚奇地說，「還沒脫？」

張勝捷兩手扶著椅子，身體前傾，兩眼盯著地面，一臉困惑。

「什麼不對？」薩克斯挪了下椅子，湊近他。

江力廉也站起來，走到丈夫身邊。

張勝捷緩緩抬頭，臉上表情，像一個看著外星人自空中冉冉下降的孩子，既是迷惑不解，又是恐懼不安。

「什麼不對？」

「左腳——」張勝捷遲疑地說，「我——找不到左腳……」

江力廉手抓著丈夫的椅背，心跳快起來。

「您再試試看！」薩克斯目不轉睛。

張勝捷低頭，可是眼光顯然地沒有焦點。他看看自己光著的右腳，然後偏頭向左，左邊卻像漫無邊際的空白，他的眼光在虛無中游移。

他突然抬起右手，擱在右腿上，視線緊緊跟隨著手。手，從右腿摸索到左腿上，停了一下，然後開始慢慢地往下移動，順著左腿。他的眼睛雖然看著，卻好像看著與自己不相干的別人的手和腿，好像看著一隻迷路的老鼠沿著牆根游走；當手摸到膝蓋時，他抬頭注視薩克斯，心虛地，聲音不穩地說，「這個——這個是我的左腿，是左腿，沒錯吧？」

江力廉從來不曾在丈夫臉上看過那樣不確定的，無助的眼光。

3

走下研究所的台階，老教堂剛好噹噹地敲起來，十二下。

「先吃飯去吧。」他說。

可是滿街都是餐廳，「吃什麼？」他問。

「隨便你。」

「中國館子吧，」他說，「反正就在對面。」

「好。」江力廉習慣地將手插進丈夫的臂彎。

亞洲酒樓，四個字寫得歪歪的，好像寫的人不知道自己在寫什麼。一進門，迎面就是一尊半個人高的彌勒佛，多肉的臉上映著頭上紅色宮燈照下來的光。張勝捷掀開布廉，放眼看了一下，裡頭沒幾個客人。

「坐魚缸旁邊吧。」他指指右邊。

兩個人坐下。侍者很快地過來將桌上的蠟燭點燃。蠟燭旁擱著一個小瓶，裡頭插著幾枝塑膠花。在燭光的輝映下，塑膠花竟也顯得嫵媚。

菜單被遞了過來。

「不錯，」張勝捷滿意地說，「這家服務不錯。」

「嗯。」

「點什麼？」

江力廉看著手裡的菜單，看了好半天，說，「還是你點吧！」

「你每次都這樣，女人總是拿不定主意。」

張勝捷很快地叫了兩菜一湯。蔥爆牛肉、麻婆豆腐、酸辣湯。

音樂突然大聲了一點。

「是茉莉花。」

「茉莉花沒錯。」

櫃台那邊有人說，「包子兩籠外賣。」

「音樂怎麼突然變大聲了。」

「我也覺得奇怪。」

魚缸裡有一隻黑色的扁魚，緊貼著玻璃，露出整個白白的肚子。上菜了。

「豆腐很嫩。」

「要不要辣油？」

「好。」

「牛肉有點淡。」

對面坐著一桌美國人，大聲地笑著。每個人都拿著筷子，很熟練的樣子。

「沒什麼客人，」

「不是週末嘛。」

「薩克斯人不錯。」

「滿隨和的。」

「再給我一點辣油。」

「你什麼都嫌淡。」

「也不是什麼都嫌。」

這綠島像一隻船在月夜裡搖啊搖……姑娘呀……你也在我的心海裡飄呀飄……

讓我的歌聲隨那微風開你……

「好久沒聽過這條歌了。」

「嗯。」

「給我牙籤。」

4

從火車站側門出來，穿過馬路就是電車站，搭一號或四號都可以到俾斯麥廣場。原以爲早忘記了的，竟然依稀都在記憶的角落裡。火車站前的小亭，觀光客服務站，和十五年前一樣，被幾百輛泊著的自行車包圍著。抵達這個小城的第一天，你曾經在那亭子裡向一個鑽著耳洞的男人要地圖，你記得嗎？那個男人把地圖遞過來，說，「給漂亮的小姐，免費。」你欣喜地接過地圖，掠了下耳邊的頭髮。後來，你當然知道，那地圖本來就是贈送的。

街景從窗邊流過，一幅一幅像一明一滅的幻燈片。路邊等著紅燈變綠的行人，陽光照亮了他們的頭髮；背著背包的學生踩著自行車，年輕的臉孔向著風。眼光放遠一點，就能瞥見櫛次鱗比的屋頂後頭的山，綠蔥蔥的山。

一個留長髮的亞洲女孩騎著自行車，和走走停停的電車並行了一段路，風將她的長髮往後吹出美的弧線，她向前看的目光卻專注而嚴肅。

是我嗎？這是我嗎？

江力廉牢牢地盯著女孩，心裡有點朦朧的痛楚；也許是，也許不是。她如果在酒館裡認識了一個高談闊論康德和孔子的男人，爲他懷孕而跟他回國結婚過日子，她們的命運就相同了，可是，這種機率不大。十五年前和十五年後的女人是兩個不同的人種。你看她眼光多麼專注，多麼嚴肅！

長髮女孩轉彎了，轉進一條江力廉不認識的路。

電車到了俾斯麥廣場，所有的人都下了車。廣場上人潮往各個方向穿梭流動。江力廉立在廣場中心，一時之間不能決定往哪兒走。平常，她只要挽著張勝捷的手臂，跟住了就行。挽住他的左臂還是右臂？

「自己吃飯，晚上不要亂跑，我星期天就回來……」他在火車上對她揮手——左手還是右手？

自己吃飯——他好像那個在妻子頸子裡掛大餅怕她餓死的丈夫！

5

江力廉買了一本德文版的《美麗佳人》，捲在手裡。

找到新聞記者咖啡館，她有點莫名的緊張，好像越來越接近一個美麗又喜愛的東西，但又害怕那最後的眞正的接觸，怕燙傷。多少次，她手裡捲著書踏進這裡，那個時候讀的書，可不是《美麗佳人》，大概總是教育心理什麼的。沒讀懂，沒機會讀懂。

她一進門就看左邊靠窗的桌子，只有在那個位子，可以安靜地看街上流過的彩色衆生。

那個位子上已經有人坐著看報，她猶豫了一下，其實別的桌子也都滿了，便逕直走去，在那人對面坐下，卻把臉向著窗外；她無意和別人交談。

窗外川流不息，人來人往。兩個十來歲的紮著馬尾的女孩子嘻嘻哈哈地撞來撞去，她想起寄住在娘家的女兒，明天無論如何得打電話回去。胸前吊著照相機的觀光客隨興漫步，不時有人把鼻子貼上窗玻璃往裡瞧，碰上她往外望出的眼光，便尷尬地一笑，走過。

一個衣衫襤褸，骯髒的頭髮蓋住眼睛的瘋子氣凶凶地走在人群裡，比手劃腳地破口大罵。

「奇不奇怪？每個小鎮都有它自己的瘋子，每個瘋子都會罵人！」

她楞了一下。是台灣人所熟悉的那種國語。發話的是與她同桌的這個人。他放下了報紙，也不看她，自顧自地臉對著窗外。江力廉一時不知道該不該接話，因爲他也可能只是在自言自語。他怎麼知道我是中國人呢？

男人大概有四十歲，一頭粗粗的黑髮，剪成平頭。臉頰青青的，像虬髯客刮掉了鬍子。他的手指粗短，指甲剪得極乾淨。江力廉正猶豫著，男人轉過臉來面對她，微笑著說：「你見過不罵人的瘋子嗎？」

她正經地想了一下，點點頭，「有啊！小時候，我們村子裡有個女瘋子。她不罵人，只是站在街上，怎麼說，手舞足蹈。好像不可控制地一直跳舞——」

「那叫 Tourette's Syndrome」

「什麼？」

「對不起，」男人道歉得相當誠懇，像個承認錯誤的小男孩，「我不知道這個病的中文叫什麼。Tourette發現了這個病，所以這個病就取用他的名字，好像帕金森病一樣。以前的人都認爲那些跳舞的瘋子有什麼魔鬼附身，其實是一種神經病，神經系統出了毛病。」

「大概叫舞蹈症吧，」江力廉開始猜測這傢伙是個外科醫生（你看他剪得那麼乾淨的指甲！），「你怎麼這麼淸楚？」

「親身經驗，」男人笑著，眼角浮起皺紋。

江力廉睜大眼睛，男人笑出聲來，「不是我，我是說我有個叔叔生這個病……舞蹈症的病人用一種藥，叫做Haldol，用下之後，病人整個慢下來，舉手投足變成慢——動——作，像港片裡的殭屍……」

江力廉用她黑白分明的眼睛白他一眼，覺得他對長輩不敬，可是他是個全然陌生的人，白眼看他似乎也有點失了分寸，於是有點不好意思地轉頭又看窗外，瘋子已經走了。

男人饒有興味地仍舊看著她，江力廉感覺到這男人和自己之間有一點微妙的張力，這種張力滿足她女性的虛榮，同時使她緊張。她假裝專心看著窗外，把側面留給男人欣賞。她知道她的側面輪廓很美，她的皮膚細白，一緊張就臉紅，「臉紅得迷人」，不少人說過；長髮鬆鬆地紮著馬尾，使三十七歲的她看起來還像個沒結婚的人。

「有幾個孩子？」男人啜了口咖啡。

江力廉慢慢地回過頭來，看見男人帶笑的眼睛，覺得他可惡，便說，「你會不會問一個男人這樣的問題？」

男人開心地笑了，江力廉的反擊像老鼠對貓露出牙齒。他往後靠著椅背，雙手交握在腦後，輕鬆地說，「當然！我自己就是兩個孩子的爸。」

「喔——」江力廉覺得自己看走了眼，男人重新贏得她的尊敬，「孩子在哪裡？」

「跟孩子的媽在一起。」

「那——孩子的媽呢？」

男人愛笑不笑地，「你——」他慢慢地說，「會不會問一個女人這樣的問題？」

不等她作答，他卻又逕自說，「孩子的媽跟別人結婚了。那個別人也有兩個孩子。」

江力廉蹙著眉尖，嘆了口氣，低低地，好像說給自己聽，「這世界破碎的東西太多了！」

侍者過來收盤子，江力廉說，「麻煩您多給我一份糖。」

男人驚訝，「你會德語？你不是觀光客？」

「學過。」

她突然覺得索然無味。不，她不想提起她來過德國的過去，更不想解釋和丈夫遠道來求醫的過程。他是一個陌生人，而且，她原要來這裡獨自追索一下心靈的幽深暗處，這陌生人的存在簡直令人厭煩。

她沉默下來。

男人顯然感覺到她情緒的改變，付了帳（付了他自己的），站起來，對她瀟灑地行了一個軍禮，連再見的客氣話都沒說，走了。

現在，她倒可以安全地從背後看他的全身，男人不十分高，但是腿的比例長，身材顯得勻稱好看。而且，他穿著粗獷的卡其布長袖襯衫，袖子隨便地捲起來，彷彿隨時可以遠征撒哈拉沙漠，在星光和野地裡倒頭就睡。不像張勝捷，永遠穿著西裝，打著領帶。頭髮還要抹油，雖然已經沒有幾根。

還有，指甲剪得那麼乾淨的人絕不會把鼻涕擤在手帕裡。

男人突然出現在玻璃窗外向她揮手。

叫住他！叫住他！她心裡在喊，問他的名字！

男人卻已從窗邊過去。

不過去，她也不會真開口叫他。

她自己清楚得很：江力廉只會坐在那裡，一動也不動，心裡鬧不清是惆悵還是懊惱。（是的，她很熟悉這種情緒，小時候，譬如說吧，她一心一意就想演白雪公主，一點兒也不喜歡當巫婆或小矮人，可是當老師問誰願意毛遂自薦演白雪公主的時候，她只能低著頭坐在那裡一動也不動，等著別人舉手了，自己心裡難受。最近的一次是，總編輯問她願不願意去莫斯科作一個俄國婦女專輯，她掙扎考慮了三天三夜，還是對張勝捷開不了口，最後去的，當然是個年輕剛畢業的記者。好幾個晚上，她坐在廚房裡對自己生氣，恨自己懦弱，眼淚撲簌簌地流，流完了之後通常也就氣消了。她漸漸學到，世上沒有什麼眞正承擔不了的痛苦。）

走出咖啡館，納入了流動的人潮。她想起來，學生們是不走這條大街的。匆匆忙忙來回趕課，走得是和這條街平行的一條小街，「誰有時間去和那些觀光客撞來撞去？」

但她現在是一個觀光客。街角一家禮品店的陽台上坐著一隻毛茸茸的布熊，對著大街吹泡泡。泡泡閃著陽光的色彩，輕飄飄地在空中晃盪，一個滅了一個又飄起，像開花一樣。

江力廉不禁伸手去捕，一個美麗的大泡泡飄到她張開的期盼的手掌上，薄薄的，透明的，閃著彩虹的顏色，穩穩地落在她掌心，竟然不破滅。她立在街心，突然覺得胸臆間充滿快樂。

她在下一條街口買了一筒冰淇淋，邊走邊吃。

6

下午的會程結束，大會秘書催著大家上路；離會場兩公里就是此地有名的風景，藍盆。一個直徑約十公尺的小潭，潭裡的水呈豔絢的深藍色，藍得出奇，像加了染劑一樣。如果眞有人跳進去，會發現潭底連著地下河流，蜿蜒游行幾百里之後，再浮上來，人，已經在多瑙河。若有人不相信多瑙河是藍色的，他只要來到樹林裡的藍盆，看一眼那藍得化不開的潭水，他就再也不會懷疑；而且絕對不會忘記，那藍染的豔色，像一種蠱惑。

張勝捷對蠱惑沒有興趣，他追求的是理性主義，啓蒙思想。離開了會場，他逕直上二樓回房間去。下午會議中的爭執令他不快，一口氣不健康地堵在胸裡。他媽的到今天還在引用黑格爾，黑格爾對中國的理解錯得離譜，膚淺得離譜，可是二十世紀末的文化詮釋權和十九世紀沒有不同，仍舊操在西方人的手裡，用他們的語言，用他們的思維架構，怎麼可能和他們辯論？

黑格爾認爲中國的宗教層次低，只比巫術複雜一點點。證據，黑格爾說，你看中國人對「天」的觀念。中國人的「天」不是一個超出塵世的獨立王國，像西方的宗教有自己的天使與魔鬼，或者希臘的奧林匹克有這個神那個神。孔教思想中的「天」，是一個完全世俗的東西，所有的權力都屬於皇帝一個人，所以儒家思想只有內在性，缺少超越性。

下午那個乳臭未乾的傢伙說來說去也只不過把黑格爾的冷飯再炒一遍，還一副理直氣壯的樣子，實在令人作嘔。

心情不好的時候，張勝捷就洗澡。水放得滾燙，裡頭滴幾點香精。人躺進香氣繚繞的熱水裡，閉上眼睛，煩惱的重量就像身體一樣，讓水承載了一大半。平常，總是力廉放好了水叫他，他才從書房裡出來。現在，明明知道澡缸是乾淨的，他還是彎腰將缸底抹一遍，刷刷幾下，俐落得很；他自己最清楚，男人在家裡的笨拙是做給女人看的，這有兩個好處，它滿足女人的母性，讓她照顧男人像照顧兒子一樣，而男人則可以專心做自己的事情。

儒家思想的超越性與內在性是並行的，張勝捷在報告裡說，黑格爾未能完全了解「天」的深意。中國思想家講「天人合一」、「天人同體」、「天人不二」等等，把天和人對立起來就證明天和人不一回事。理學家講太極，講良知，也表示良知的力量超過世俗的所謂權力。天，就是中國人的宗教觀，它固然是內在的（Immanent），它同時也是超越的（Transcendent）。

那紅頭髮，乳臭未乾的傢伙就說，這是和稀泥，內在和超越是兩種彼此矛盾的品質，是內在的就不是超越，是超越的就不是內在。說一個學理既超越又內在就好比說一個人既高又矮，完全失去意義。

張勝捷很火，他質問小伙子懂不懂「天道」的超越意義；是不是沒有西方的神秘主義就不能有超越性，他了不了解儒家的天道觀是道德也是宗教，因為「天道貫注於人身之時，又內在於人而為人的性」，道德重內在，宗教重超越……

辭彙不夠，他說得結結巴巴斷斷續續的，一個辭含在嘴半天不出來。小伙子盛氣凌人地打斷他，流利地說，「根據康德，超越性有三個條件：上帝的存在，靈魂之不滅，意志的自由。儒家思想裡有這種條件嗎？」

張勝捷著急起來，長久以來他就有一個心結，或者說，朝夕不忘的目標，他要證明給西方看，儒家思想的內聖外王與現代民主的種種價值觀並不排斥，非但不排斥，而且儒家基本精神是人本的，民主的。這和超越與內在的問題是一個整體。但越是著急，舌頭就越打結，他的思想找不到語言來輸送，他想說，超越性不只有康德這個定義，他想說，事物間的存在次序和認知次序不是一回事。他想說，超越性的概念只能說明事物的存在次序，你不能忽視儒家思想的獨立性和永恆性，他想說，他想說，他想說——他臉脹紅了。

在懊惱困境中，驀然響起一個女性的清越的聲音，張勝捷暗暗鬆一口氣——

「我不懂，」那清越的聲音說，「你們一邊說儒家思想沒有超越性，另一邊想證明儒家思想有超越性，我不是研究哲學的人，但是請你們告訴我，爲什麼超越性必須是一個評價標準？」

會場突然靜下來。

然後突然鬧哄哄起來，聲音從四面八方響起，與會者搶著說話。主席不得不站起來維持發言次序。張勝捷的目光尋找剛剛發話的人，隔得挺遠，完全看不清面貌，倒是那人桌上的名牌模糊看得出是「余佩宜」三個字。沒聽過的名字。

從澡缸裡出來，張勝捷發現在妻子爲他準備的行李裡少了內褲。什麼都有，襪子、手帕、牙刷、牙膏、髮油，什麼都有，就偏偏忘了內褲。江力廉就是這樣漫不經心，所以當年學問也做不好。學問做不好，卻又好高騖遠，老覺得她應該更有成就，眞問她要什麼成就她其實又說不上來，憑直覺生活的人就是這樣。

但這並不是一個缺點；力廉要眞是個雄才大略的女人，他們也根本不會結合。張勝捷一輩子在母親強悍的鎮壓下長大，好不容易長大了，他不可能娶個意見太多的女人來虐待自己；這個道理，他在小學三年級的時候就一清二楚。小學三年級那一年，母親提著他一隻耳朵從家裡走到學校，一路沒鬆過手。

江力廉來告訴他懷孕的事，坐在床尾，低著頭；沒有一句怨懟的話，只等著他開口。她的臉很白，眼睛哭得腫腫的，一副柔弱可憐的樣子。他根本不需考慮。她沒有張牙舞爪地像那些現代的新女性口口聲聲自己要如何如何，就夠了。他要她。

可是她還是忘了他的內褲。

他只好再度穿上已穿過的內褲，打點好，想想大概別人也快從藍盆回來了，便關了房門折下樓去。

自助餐廳就在會場隔壁。晚餐所需的杯盤刀叉都已陳列在大桌上。包著花頭巾的女總管再一次檢視份數，一抬頭瞥見第一個食客已經走進來。她正想開口招呼，卻見他筆直地向櫃台那邊走去。櫃台上擺著一盆繡球花，他對著那盆花禮貌地點頭，說，「請問會場有沒有洗衣的設備？」半晌，好像等待繡球花回答，又重複一遍，仍舊禮貌得很，「對不起，請問會場有沒有洗衣的設備？」

女總管終於叫了聲「哈囉」，客人似乎嚇了一跳，轉過臉來，顯然在尋找聲音的來處，然後向她走過來。他禮貌地向她點頭，說，「請問會場……」

7

張勝捷今天是第三度給妻子打電話了，「對不起，」櫃台說，「她還沒有回來，要再留話嗎？」

「算了，謝謝您。」

他有點不安。江力廉不是個自己一個人會亂跑的人。一整天不在，她究竟哪裡去了？

當然，平常到處跑的總是他，開會、演講、上電視……在台灣做一個學者，絕不是象牙塔裡的思考者，他必須同時也是社會的顧問。他的意見對社會有立竿見影的效果。有的人為政治服務——執政黨和反對黨和反對反對黨的其他黨，都各自擁有一幫學者，平時在後頭出主意，選舉時就站台演講或者發起什麼簽名運動等等。有的人選擇媒體，或者應該說，他們被媒體選擇，去鼓吹某種觀念。每一個媒體，和政黨一樣，也各擁有一幫學者，在關鍵的時刻發生作用。

張勝捷當然也熟悉韋伯的價值中立論——學者應該只是學者，他不可以濫用知識的權力去影響社會，可是，張勝捷發覺，價值中立是一個不切實際的幻想。你不吞滅別人，別人就吞滅你。你不影響社會，社會就被別人影響，而那個影響你絕對不能忍受的。還沒有到達民主成熟度的社會，譬如這個小島，意識形態之爭像虎豹同籠，唯一生存之道是，如果你是虎，設法讓對方相信他是隻貓；如果你是豹，那你要不斷地寫評論，一直寫到對方相信自己是隻狗。這，就是知識的權力，馬克斯・韋伯！

當然，這樣深刻的體認也不是一蹴可幾的；是在小島一次大選期間，張勝捷被一個計程車司機衝上台用擀麵棍打得頭破血流縫了七針之後，他才得到這樣的覺悟。

張勝捷更密集地給媒體寫文章。他的頭還紮著滲血的繃帶時就連寫了五篇譴責暴力的社論，給不同的報紙和雜誌。線還沒有拆就做了六場演講，上過三場電視訪問。在一次由大學生主辦的選舉大掃除、民主大會師的演講會上，他的開場白是，指著自己的頭，說，「這，不是和各位一樣的白頭巾；這是染血的繃帶。」

他戲劇性地停頓一下，然後湊近麥克風用沉痛的聲音說，「民主一定要用鮮血去換嗎？」

群眾以熱烈的掌聲回答他。

「民主是什麼？很簡單，民主就是，拳頭伸出去，但是必須在碰到別人鼻尖之前收回來！」

回到家，他就把繃帶扯掉，掛在浴室裡；每次有場合，就再纏上。一天早上要出發前，發現繃帶不見了。江力廉竟然把它給洗了。

「血淋淋的，」她說，「多難看！」

他氣得一天不跟她說話。

可是他現在心裡掛著她。這麼晚了，她會在哪裡？

經過休息室，一陣哄笑聲衝出來。他才將頭探進一點，就被叫住「老張，老張，進來進來！」

小小房間裡鬧哄哄的坐著好幾圈人。西方人跟西方人一堆，中國人跟中國人一堆。白天做思想交流顯然已到忍耐的極限，交流的飽和；晚上，飯足酒醉之後，人們就回到自己的族群，綿羊歸綿羊，山羊歸山莊，放鬆而滿足地釋放出彼此聽得懂的原始的聲音。

一張椅子挪出來讓他坐下。正對面那湖北來的詩人顯然已經喝了不少，兩眼迷離地哼著歌。昨天上午談比較語言學的王什麼對著天花板噴菸。李至同遞過來一個酒杯——研究王陽明的李至同和他是大學同學。「你們認識嗎？」

張勝捷正給自己斟酒，不知道李至同指的是誰。

「余佩宜，張勝捷。」

斜對面那個人伸出手來和他握了一下，他馬上知道，這個余佩宜一定已經在國外很久，才會在介紹的時候主動和人握手，像個獨當一面的男人一樣。她大概留著長髮，面貌，很難說，只覺得她的眼睛特別亮，但是也說不出她眼睛的形狀是大是小，是圓是長。

他有點沮喪；他眞想清楚地看見這個女人的長相，想知道她是醜還是美，但是他只能聽見她柔軟的女性的聲音。她說，「張勝捷，你今天應該用中文回答那個米勒的！」

張勝捷搖頭，「他會聽不懂。」

「他對儒家很有看法，不是嗎？」她的聲音帶著嘲諷，「如果他連你的漢語都聽不懂，他憑什麼研究儒家？」

「話不是這麼說，我覺得，」李至同插進來，「老張研究康德，他的德語表達也不見得好，對不對？可是那不代表他不能有見解。」

叫王什麼的一隻手玩著打火機，說，「語言就是思維。思維受制於語言。單單是我們用他們的語言作討論工具，就表示我們在玩他們的遊戲，玩他們的遊戲就逃不了要遵守他們定下的規則。先天不良，沒辦法的。」

張勝捷連喝了兩大杯啤酒，抹抹嘴邊的白沫，正要說話，聽見一個女人的聲音，比較低沉，帶著台灣南部的口音，就從自己身邊發出：「你們不要這麼義和團嘛！他們研究中國思想，我們研究西方思想，我倒覺得滿平等的。語言的障礙他們也有。」

「那你把問題看得太簡單了，」余佩宣的聲音說，「他們研究中國思想中國文學，用什麼方法，用什麼語言，用什麼價值結構？」

「問題就在這裡，」張勝捷擱下酒杯，「他們先給哲學下個定義，說哲學是一二三四，然後拿這個一二三四到中國思想裡去找，找不到，就宣布中國沒有哲學。他們給宗教下個定義五六七八，然後到中國思想裡去找五六七八，找不到，就宣布中國沒有宗教。你說這叫什麼呢？」

「對，可是你硬要在中國的哲學裡找到他們要的一二三四又有什麼意思？」是余佩宣在質問他。

他正要回答，一直只顧喝酒的詩人轉過身來，一副吊兒郎當的樣子，懶懶地說，「在我看只有一個辦法，關起門來不甩他們；我們搞我們的，他們搞他們的——」

「搞搞搞搞，我眞受不了你們大陸來的，什麼東西都用搞的，學問哪能搞，學問要治，懂嗎？要治！」李至同站起來拿酒，「我們台灣只有女人才能搞——」

「李至同！」余佩宣的聲音大起來。

李至同裝出害怕的樣子，張勝捷話猶未盡，「閉門造車也不行啊，跟西方對話不能沒有——」

詩人對他做不耐煩的手勢，「算了算了！嚴肅的問題留給白天，我們來講黃色笑話比賽吧！我先講。」

他推開擋住視線的酒瓶，「女強盜。打一個成語！」

大家面面相覷，不知道。

「逼上梁山！」詩人不動聲色地說。

張勝捷身邊這個女教授「我的媽呀」一聲叫出來，其他的人東倒西歪地笑著邊說，「太過分了！太過分了！」

語言學家興高采烈地舉手，「輪到我，輪到我。」

「老女人跟年輕人的男人做愛，打四個字的成語。」

沉默了一會兒。

語言學家得意地宣布，「古道熱腸。」

聽的人又歪倒，笑著叫著，「太髒了！太髒了！」

其他桌上的人好奇地回頭看這特別快樂的一桌人。幾個人起鬨要政論家也講一個。張勝捷慣說政治笑話，黃色笑話倒缺乏練習，可是他有一個聽來的，「有一個男人住院檢查。一個護士對另一個護士說，你看見沒有？那傢伙的那個上面刺了『一流』兩個字。另一個護士就說，才不是呢，那東西大起來的時候你就會看見，刺的是，『一江春水向東流』！」

在哄然大笑中，李至同突然問，「余佩宣，你怎麼沒抗議？」

「抗議什麼？」她說，「如果連笑話都不能說，這個世界未免太沒意思了！」

「我聽過張勝捷的笑話，」她繼續說，「不過是美國版的。一個護士對另一個護士說，那個男病人的東西上刺著 Wendy 幾個字母，大概是他女朋友的名字，另一個護士說，不是啦，那個東西大起來的時候你就會看見，刺的是：Welcome to the Bahamas and have a great holiday！」

喝了不少的酒，張勝捷有點頭重腳輕地再度走向走廊裡的電話。午夜了。

「對不起，沒人接。要不要留話？」

8

余佩宣覺得張勝捷看人的眼光很奇怪，他似乎極專注地看著你，但你有種怪異的直覺，覺得他在注視你臉上的某一個部分。也許是嘴，也許是鼻子，也許是耳朵，你只覺得他眼光游移，專注而又游移，很奇怪。他確實在看你，但是有看沒有見。

他說要打電話，先起身離去。當余佩宣踏進走廊準備回房時，剛好瞥見張勝捷正要上樓梯。他對著樓梯扶手——圓柱型的樓梯扶手大約有一公尺多高——他說，「晚安，明天見。」對著樓梯扶手。

是儒家哲學還是現代政治把他給搞壞了？

焦慮。

是了。焦慮。中國知識分子的焦慮症。兩天下來的會給她最深刻的印象，就是這兩個字，焦慮。

中國知識分子在做學問的時候，不管是自然科學還是人文科學，不管是自覺的還是不自覺的，心裡都有一個壓迫者，假想敵——西方人與西方文明，佔盡優勢的西方文化。他們從事發明，或者潛心研究，他們埋頭創作，或者鼓吹改革，都爲了趕上西方，學習西方，要不然就是反抗西方，排拒西方；怎麼說，都是被罩在西方的陰影之下。像在拳擊賽中不斷低頭挨打的那一個。

有個探險家，什麼準備都沒有，就要去走塔克拉瑪干沙漠。死亡之海。結果腿被凍傷，得了敗血症，要鋸掉。探險家在病床上等鋸腿的時候，聽說法國人要去穿越死亡之海了，他從病床上跳下來，拔掉臂上的點滴針頭，劈頭就往沙漠跑；絕對不能讓外國人走在中國人的前頭。

這個人還活著，活著好繼續愛中國。

躲不掉那拳頭吧，所以焦慮。

可是有時候，雙方都是玩家，譬如洪飛。

她陪洪飛去領獎，一個歐洲的筆會要頒給洪飛什麼自由鬥士獎，因爲她寫的一系列揭發性的文章使她成爲異議分子，回不了國門。大會上冠蓋雲集，總統、部長、國際知名的小說家，諾貝爾文學獎候選人……穿著黑色燕尾服，高貴而矜持地彼此點頭，握手，寒暄。

洪飛是特別來賓，不是嗎？爲什麼前來和她說話的人那麼少？每個人都在忙著和別人認識；既然對她沒興趣，又爲什麼請她老遠來呢？

洪飛打算領了獎就飛回祖國。在她上台領獎的前一天，她的家人捎來消息：不要回去，回去就會被捕。

洪飛於是和筆會幹部商量：筆會可以爲她的安全發表一個聲明嗎？

筆會代表閃閃爍爍，顧左右而言他。總而言之，聲明，不合時宜，筆會有很多其他的議題要處理。

還有，很重要的，請自由鬥士明天的領獎感言講得盡可能短，因爲總統很忙。

她們突然間就明白了爲什麼人們對洪飛興趣不大。就譬如有錢人家開個盛大的宴會吧。爲了助興，請了個表演者；當表演者演出時，當然所有人的眼光都會聚在她的身上，但她絕不是客人來此盛會的目的。還不太重要的人到這裡來結識重要的人，已經重要的人來這裡讓比較不重要的人看見，從而證明自己的重要。在這種場合，誰會對那個被邀來當裝飾的表演者認眞呢？

那個表演者當然有她的意義——她是一個被親生父母虐待的小孩，一個殘障者。展示她的傷害，再用一條溫暖昂貴的毛巾裹住她，適切地表達了展示她的人的正義感和道德水平。

在歐洲人表現自己、滿足自己的意義上，洪飛是絕對重要的。

余佩宣爲這個發現而深深難過，看著洪飛美麗的大眼睛，她幾乎想馬上握住洪飛的手，給她一點眞實的溫暖。可是，她只是一貫的沉默，難過的時候，她總是沉默。

洪飛還是飛走了。在祖國的機場，她果然被攔下。余佩宣在電視上看見她好整以暇地對群集的各國記者讀她早準備好的聲明。她唸來慷慨激昂。

余佩宣突然間就明白了。表演者何嘗不清楚自己的角色呢？只是她懂得假戲眞做，台上台下都是戲；在她編的劇本裡，那些高貴而矜持，自以爲重要的西方人才是她的配角。

他們其實彼此配合，彼此需要，誰也沒騙誰。

太累了。我太累了。西方還是東方，都是大屁股的狒狒，比較誰的屁股大。對不起，我不加入。

她把窗簾拉攏，脫光了衣服，鑽進被窩，蜷縮起來，像蟲鑽進蛹裡。腳向腳取暖。熄了燈，路燈蒼白的光影闖進來，照亮了地板。是夏夜，怎麼她覺得這樣冰涼，從最深的心底涼起。也曾經是夏夜，蟋蟀和蛙在田野裡縱聲鳴叫，像《第九交響曲》的大合唱。月光和情人，田埂間的小徑和認爲是永遠掌握的幸福。

我流落陌生的城市，走過一條又一條黑夜的街道，
黑暗的滋味啊，我知道，就是在黯淡荒涼的路底，
驀然看見一扇窗
燃起了暖色的燈，
別人的窗，別人的燈，別人的溫暖，
黑暗中有嘆息的聲音，沉重不是為了你，
巷子裡有人輕聲呼喚，渴求不是呼喚你，
我累了。

我帶了本字典來，薩克斯教授。

我在一家婦女雜誌當了幾年編輯，德文資料常常翻譯，但是說就不行了，而且勝捷的問題，嗯，還眞不知道從哪裡開始。對，他下星期天回來。

現在追想起來好像是在他參加競選的那個時候，兩年前吧，他突然要參加國會議員的選舉，說是高級知識分子都不肯弄髒手，當然政治就越來越髒。那段時候嘛，每天奔來跑去，他叫我把工作辭掉，專心幫他。我們也沒什麼經費，所以請客都得我自己下廚，有時候一天要準備好幾場的飯局。家裡的門是敞開的，人來人往。好像就是在那個忙得一場糊塗，他一天到晚演講的時候，我覺得他有點奇怪。

先是一個助選的研究生偷偷問我：「師母，老師眼睛有沒有毛病？」

研究生說勝捷到菜市場去拜票的時候呀，突然滿臉笑容地彎身，伸出兩隻手，好像要去抱小孩的樣子，可是他抱的是路旁一個髒兮兮的紅色的防火栓！大家就笑，以爲他在逗趣。

勝捷當天一回來，我就想測他的眼力。薩克斯教授，他一進廚房就說，「怎麼地上這麼髒！」他連掉在地上的幾粒米都可以看見，他的視力絕對沒有問題。

然後，也不知道爲什麼，我們開始常常吵架，而且吵得很凶。他——

吵的原因，當然我想我很累，他也很累。我會抱怨他害我雜誌社的正常工作都放棄了，小孩也照顧不到一類的話，他就會暴跳如雷。（跟他母親的關係不必說吧。奇怪的是，私底下對母親那樣不滿，那樣討厭的人，卻要求我對她百依百順。他媽欺負我的時候，他就變成一個孝子，完全幫著他媽說媳婦該怎樣怎樣，實在搞不懂他。）

（其實，最讓我不舒服的，還是我覺得他完全不爲我著想——）他會三更半夜帶朋友回來，叫我給他們下麵倒酒，然後整個晚上不和我說一句話（我也不知道要和他說什麼，戀愛的時候可以談康德，結婚了以後談什麼呢？）上了床就呼呼大睡。我不太敢說他什麼，因爲知道他壓力大，怕刺激他，看他每天進門筋疲力盡，兩眼發黑的樣子，也滿可憐的。但是一說他什麼，他很容易就失去控制——

失去控制？就是……就是……會大聲罵人（我怎麼能告訴他，丈夫會動粗？我怎麼能告訴他，勝捷會抓起我的肩膀往牆上撞？不過，他動了粗之後又會後悔，像小孩一樣，抱著我的腿要我原諒，可是下次又一樣……我怎麼能告訴他這些呢？）

我不知道，或許這些都和他的病有關？我不知道。

不，結婚頭幾年，至少在我們還住德國的時候，他沒那麼暴烈。（至少沒打過我吧？我們都是學生，不在一起的時候就各做各的，不像回到台灣，他就老覺得做太太的應該這樣那樣。）競選那段時候，他當然也突然變得很出名，身邊老圍著人。「學者參政」，報紙上天天都有他的消息，他對我脾氣特別大，使來喚去的。有一次，我們請一對部長夫婦來家裡吃晚飯——那個部長太太是我的大學同學。我們在門口迎接客人，勝捷堵在我前面，跟客人握手呀，寒暄呀，他就那樣擋在我前面，好像不感覺我的存在。（那種不受尊重的感覺實在令人難受，可是……我想我更怕衝突，怕他大吼大叫的嚇人的樣子。）總而言之，我們有一段時間關係很困難……（其實現在也還沒過去……可是如果是病……）

對不起，我有點亂了。

有一天，我們在街上碰見了，在台北市中心。我送女兒去上鋼琴課，走在大街上，一眼就看見他從那邊走過來，可是很奇怪，一直到他和我相距不到一公尺了，我以爲他要叫我了——因爲他的眼睛明明看著我唷——他竟然沒有看見我，那我忍不住開口叫他，他才嚇一跳的樣子，然後，薩克斯教授，他還將頭轉來轉去，好像要憑著聲音找我，可是我就在他的兩隻眼睛前面呀。太離奇了。

這我才想到，老天，這個人是不是生病了？

爲什麼他可以看見地上的米粒，卻看不見我那麼大的東西呢？

後來他落選了。一個電視記者訪問他，說完話以後，他就伸出手去好像要和那個女記者握手，可是他伸出手去握人家的麥克風！旁邊的人在笑，我卻很緊張，天哪，不找醫生不行了。

吵架？落選了以後還吵，他根本不准我去上班了，說他需要我。好吧，留在家裡就留在家裡，反正多陪陪女兒也好。嚴重衝突？這和他的病——我們還不知道他有沒有病——有關嗎?嗯——(嚴重衝突?那個晚上……我和他一個助教出去拿資料，回來晚了，他氣得臉暴青筋，一巴掌打得我發暈，然後，然後，我怎麼能告訴任何人，他……他見我垮在地上哭得很慘的時候，竟然……竟然掀起我的裙子就……我不會告訴任何人的……)還好。我們還算過得去吧?!夫妻關係應該怎麼樣呢?(事後他說，是因爲愛我……)薩克斯教授，我還是告訴您我們求醫的經過吧!

他的情況越來越奇怪。學生說，勝捷很幽默，常對著柱子說話，對學生卻又常常視若無睹，我們先去找了個眼科權威，眼科權威說他視力極好。後來，我們又找了一個極有名的針灸醫師。爲什麼找針灸醫師?因爲他號稱神醫，台北人說他可以讓瞎眼的人看見，讓瘸子走路，您別笑，很多人這樣相信，我反正也覺得不妨一試。

那個針灸醫師白天是一家大醫院的精神科主任，晚上才憑面子看一點針灸。他跟我們談過之後，竟然叫我們去看白天的精神科，說針灸幫不了忙，我們應該試試夫婦治療。(勝捷當場哈哈大笑，說，對不起，龍醫師，精神醫師都是自己有毛病的人!「精神醫師對人類底本性與一個社群底一群成員之可能行爲有多少洞識?他對於 Pflicht 義務與 Neigung 個人性向有多少理解?」)

我費了好大的力氣把他勸去(結果竟然好像是爲了我，好像是我出了問題似的……其實也未嘗不是。那天晚上……那天晚上之後，他一回家我就緊張，小心翼翼怕得罪他。夜裡，就怕他要求……)我們去了一次，以後他就不肯去了……

然後有這個學術會議他要參加，就想到順便來這裡檢查看看……

我？我很好。

三十七。

有時候覺得悶一點，壓抑一點。可是大致來說，還可以吧。我對人生沒什麼太高的要求（從小看著爸媽廝打，看著披頭散髮的媽一把鼻涕一把眼淚地整理皮箱，然而沒走出過一次，現在她每天坐在電視前面，從早上看到晚上，有時候連睡衣都不換掉，反正晚上來了又要上床，每天都一樣不是嗎？我想我對過日子從來就沒什麼幻想吧?!）女兒發展得很好，我自己……就是這樣嘛！（一半的人生都過去了。）

10

站起來和薩克斯道別的時候，江力廉眼角又瞥見他，在院落裡，戴著白帽，穿著白大褂，低頭掃地，不停地掃，專心一致地掃；地上，什麼都沒有。

從陰暗的老屋出來，覺得外面的陽光轟一聲撲在臉上。江力廉站在一排七里香前，仰臉對著陽光，閉上眼睛，感覺眼睫間一片溫暖絢麗的紅光，歐洲五月的陽光，含著微風，同時飄來七里香濃郁的吐氣。

她深深地吸一口氣，緩緩地舒出來。離開勝捷的題目，她覺得一身輕鬆。

她邁著大步向老街走去。

達達的馬蹄在身後響起，她趕忙轉身，退到一家書店門口。兩匹壯碩高大栗色的馬踩著達達韻律自她眼前經過。陽光下的馬背閃著光，散發乾草和汗味，那個氣味令人聯想綠色的原野；江力廉覺得自己像漲了氫氣的汽球，想飛。

一條流動彩色的街。臉頰紅潤的孩子們呼喊著追來追去，穿著碎花裙子的女郎笑著親情人的手。畫家坐在路旁幫人畫像，一個喇叭手悠悠吹起〈夏日最後的玫瑰〉。

大學廣場上圍了一堆人，人堆裡傳來鋼琴的流水似的咚咚聲。大街上也能彈鋼琴嗎？她想看看，正拉開腳步，卻聽到有人在喊「喂喂」的聲音。不是「哈囉」，是「喂喂」。

呼喊的人坐在一輛馬上要發動的巴士裡；還有人在前門上下車。他把頭探出車窗，大聲說，「我要去看一看垃圾場，要不要一起去？」

她楞著，意外的再度邂逅使她有種模糊的喜悅，可是，她不認識他，而且，什麼垃圾場？他要去哪裡？車子馬上要開，她需要時間作決定，哪裡能就這麼跟著他走——

「上來呀，」他揮著手，竟然有點不耐煩，好像他們早約好的，她不知在拖什麼，「快點，車子要動了！」

她抬頭看著他，心跳得厲害。

11

機器聲很響，轟轟震著耳鼓。戴著黃色頭盔的技師用喊的，「我們一年處理六萬噸的廢紙，一萬七千噸廢木，一萬噸玻璃瓶，一萬兩千噸包裝盒，這個廠房是處理廢紙的。」

一輛推土機在來來回回運作，推的不是土，而是土丘一樣高的紙堆，「在我們眼中，」技師指指漫天漫地的紙，「沒有廢的東西，任何東西都有價值，只是不斷地轉換用途。」

上一段狹窄的鐵梯，就是分類線。兩條進行中的輪帶滿盛垃圾，往一個方向流去。輪帶兩邊站著工人，大約每隔一公尺就有一個人。戴著橡皮手套的手伸進不斷流過的垃圾堆裡翻翻找找，像小孩在水溝裡撈魚。輪帶開始的地方懸著一個巨大的磁鐵，把紙堆裡的金屬都先吸走了，工人的手只是把昂貴的瓦楞紙挑出來，丟到身邊的大桶。「瓦楞紙的利潤最高，」技師說，「我們分類出來，賣給造紙廠，賺得最好。報紙最賤。」

「我同意，」正做著筆記的他突然莞爾一笑，對身邊的江力廉說，「報紙擦玻璃最乾淨，你知不知道？」

「你看你看，」江力廉叫起來，指著湧過來的五顏六色的垃圾，「有隻鞋子。」

技師一點兒也不驚訝，喊回來，「我還看見過一隻死老鼠！」

江力廉目不轉睛地看著河流般的永無止境的紙垃圾，技師幾時走的她都沒注意。那帶她來的人一直在做筆記，時不時退到一個角落去選鏡頭拍照。當江力廉抬起頭來，他已經收拾了筆記本子，伸手來拉她，「走，到下面再去一次，」他護著她走下險險的鐵梯，「我再補一張照片。」

下面是紙河的起點，成堆成山的紙，從千千萬萬家家戶戶的字紙簍裡傾倒出來的紙，凌亂地散佈在每一個視線所及的角落。

他們並排站著。

「這些哪是紙？」她仍舊爲眼前的景象震撼，「你看嘛，上面全印著字，印字的紙叫紙嗎？」

「不叫紙叫什麼？」他偏過頭來看她，風吹亂了她的長髮；他們站得很近。

「叫知識，」她說，平白地想起張勝捷，「以前的中國人凡是有字的紙頭是不丟的。」

「那是崇拜知識，」他又牽起她的手，小心地繞過一輛推紙機，推紙機轟轟的聲音掩掉了他半句話。

「你說什麼？」她對走在前頭的他喊，「聽不見。」

迎面又隆隆駛來一輛卡車，「我說啊，」他吼回來，「知識也是一種垃圾！」

江力廉讓他牽著自己的手，走出了忙碌吵雜的廠房。

到了馬路上，一靜下來，她自覺地抽回手，想到怎麼回旅館的問題，「奇怪，你們做記者的人不自己開車？」

「當然開，」他把相機放進皮製的器材袋裡，熟練地拉上拉鍊，「從巴黎來的路上車子漏油，在海德堡修呢。明天會修好，我明天到布拉格去。」

江力廉感覺一沉；他們在一起的時間只有這麼多嗎？當他牽著她手在垃圾堆裡穿來穿去，她有一時的錯覺，恍惚他是自己大學時代的情人，兩人正談著人生中最純潔而且絕對不會再有一次的戀愛，那種撫摸一下頭髮，不小心碰一下肩膀就令人魂魄搖動的戀愛。這個人明天要去布拉格，從此走出我的人生。她心裡湧上一陣自己不能理解的悲戚。總是這樣，美好的東西像泡沫，彩色繽紛的泡沫……可是我是怎麼了？這個人我根本還不認識。我知道些什麼？他爸爸是美國人，媽媽是中國人，他自己是個台北美國學校教出來的孩子，在美國讀新聞，到歐洲來闖下來，爲巴黎的《論壇報》已經工作了八年。他喜歡當跑來跑去的資深記者，不願意坐辦公室，明年要調到中東去，也許是約旦，也許是以色列，最想去耶路撒冷……

「我喜歡一個人旅行，」他說。

「爲什麼？」她不曾單獨旅行過，覺得那是件得克服多種恐懼的事情。一個人看地圖？一個人找旅館？一個人看風景？一個人面對茫茫的，沒有欄杆扶手的世界？

「一個人，你才能專心地看世界，」他說，臉對著車窗外，郊區的田野風景不斷倒退，「有個伴，你就不得不分心去應付她。」

「而且，」他轉過臉來盯著她看，「單人旅行像一扇敞開的門，任何事情都可能發生，兩個人就是一個閉鎖的世界，你說呢？」

她避開他炯炯的眼光，覺得臉頰發燒；她是他那多餘的伴，還是那可能發生的事情？

車子搖晃，他們的肩膀和膝蓋時不時碰觸，每一次輕微的不經意的接觸都令她心裡一緊，一種麻的感覺奔向指尖。

又回到大學廣場，已是晚上七點。歐洲的遲遲夏日，太陽還任性地照著，一點兒也不想下山。廣場上露天的咖啡座裡，坐滿了悠閒的人。情侶攜著手，依偎著走過。江力廉心裡有說不清楚的難過，又到了分手的時候，這次分手，他們不會再偶遇——你到底想要什麼，江力廉？就是再度偶遇，再給你們二十四個小時，你要什麼呢？你能要什麼，敢要什麼呢？你的人生走到了哪裡？

巴士已經開走。幾乎是刀扎的痛楚的感覺，她沉默地抬頭看他，準備道別。他把攝影袋擱在地上，夾在兩腳之間，兩隻手插進口袋裡，低頭凝視著她。

好一會兒不說話。

靜默的壓力太大，江力廉覺得暈眩。廣場像落潮的海水退去，遠遠退去，所有的聲音消失，所有的燈火熄滅，所有過去的痕跡被風吹散；巨大的心跳聲撞擊著耳膜，她看著他溫柔又複雜，複雜又溫柔的眼睛——她多麼多麼想親吻那雙眼睛，用她的唇，她的心，用一輩子換一個時刻……

他拾起她一隻手，放在唇邊親了一下，輕輕說，「保重！」

提起袋子，掛在肩上，伸手在她臉頰上親暱地撫了一下，轉身離去。

叫住他！叫住他！

江力廉盯著他的背影，退去的海水淹了回來；那背影讓人海遮住，又露出來，遮住，又露出來，越來越小，漸行漸遠，走上一條與她不再交叉的線，沒入一個空間，一個她今生今世觸摸不到的空間。

她仍舊不知他的名字。

12

櫃台後的胖太太遞給她留話條，滿面笑容說，「您先生來過三次電話了。」

進到房間，揉了紙條丟進垃圾桶，她坐下來撥電話，才撥第二個號碼，就趕忙掛掉。六個小時時差，現在台北可是三更半夜，差點吵醒了女兒。

冰箱還沒開過，門上插著鑰匙，一扭就開。裡頭瓶瓶罐罐，琳瑯滿目。她隨手抽出一瓶什麼，看看是威士忌，咕嚕咕嚕倒了大半杯。

滅了燈，拔掉了電話線，她倚坐到床上，閉著眼睛，黑暗，像發燒時額頭上清涼的毛巾，撫慰著感官。

印象中喝威士忌得加冰塊，但是沒有也無妨吧。

第一口很嗆，第二口很辣，然後，液體逐漸擴散蔓延，在自己和黑暗之間游出一堵透明的，極富韌性的牆，她出不去，黑暗也進不來；看不見的牆像水母似地伸縮，微微漂浮，隨著水波，膨脹、縮小，膨脹、縮小……體質透明，柔軟的水母……她覺得很清醒，只是四肢重得很，不由自主地向地心下沉……沉……

他推門進來　熟悉地好像這是他的房間　不必開燈就知道床在哪裡　難道竟是我走錯了房間

他說　聲音裡有一點戲謔　他的國語很好聽　很圓熟的那一種　怎麼美國學校出來的孩子能講好聽的國語　我媽是北平生的　教小學　我的英語更好聽　你要聽嗎　怎麼鞋子還穿著　坐在床沿將她的鞋帶解開　床下沉

來　洗個澡　你會舒服些　我幫你放水

不要　我喜歡淋浴　我不鎖門　但是你不可以進來

蓮蓬水力充沛　強勁地打擊在肌膚上幾乎有點疼痛　疼痛的快感　水使全身肌膚雪白裡透著緋紅　熱氣繚繞　毛玻璃門被拉開　他跨進來　立在她身後　兩隻手臂環過來纏住她她閉上眼睛　用赤裸的背脊　所有的觸覺敞開　細細尋索他的肉體凹下和突出的線條　他的呼吸在她濕透的髮際　他的手撫摸她被水潤滑的乳房　乳頭在水的沖激下情不自禁地脹起來

他用一條白色的大毛巾將她裹起來　緊緊地像寵愛一個嬰兒　然後將她抱起　擲向床上

抓住毛巾的兩頭　用力一扯　又將她抖出來　她慌著躲進被子蓋住自己　他也鑽了進來貼著她的身體　卻突然安靜下來　那樣甜蜜的安靜　一隻手撐著頭　自上往下凝視她　癡迷的眼睛說　你很美你知道嗎　這麼亮的頭髮　在黑夜裡發光　她不說話　不說話　就怕一出聲　他就會消失　幾個小時下來　他的鬍鬚長出了一點　臉頰更青更粗了

我不敢問你的名字　因爲只要不知道你的名字　我就不必負責　負什麼責　我不知道你每次單身旅行　告訴我　你每次單身旅行都會找個朋友嗎　不要　不要　不要說　我不要知道

他根本不在乎她的自言自語　一心一意吻她的額頭　很輕很輕地吻　從額頭到鼻尖　到她微張喘氣的唇　他把她當一張市區地圖　順著中軸線自北往南向下探索　用他的唇與濕熱的舌尖　經過乳房之間　到肚臍　小腹　她的小腹緊繃　腿在他的重量下分開　他的舌尖死死纏住她裸出的慾望　她要承受不住　承受不住了

她叫出聲　像從危險的高空墜落　顫慄　顫慄不能自己

然後黑暗覆上來，她抱緊蜷曲的雙腿，在靈魂的深處有什麼東西徹底地垮了。緊閉著眼，熱熱的淚水猛地湧上來，滑下眼角，大把大把的，濕了枕頭。

13

知道要和余佩宣搭同一班火車回海德堡，張勝捷莫名地興奮起來。幾天的會議中，他無時無刻不在捕捉她的聲音。弄不清楚是什麼吸引了他。

她冰雪聰明，書讀得多，侃侃而談時沒有人敢不聽，這都使她隸屬於男人的圈子，可是她的聲音又充滿了女性的嫵媚，與她思想的陽剛揉成一個很奇特的混合，是這種混合令他迷惑吧？她與江力廉的截然不同，也令他覺得心動。然而是什麼呢？是什麼使她和江力廉如此不同？

余佩宣和大會的主持人握手，然後提起行李，大步走開，一個人往前走去，火車站的方向。

是自信。張勝捷看著她的背影。她明明知道他們搭的是同一班車，可是她不會等他，她毫不在乎。她只在乎她自己；這個女人，有一種旁若無人的自信。

她的旁若無人刺激著張勝捷。

他趕上前去。

車廂裡六個位子全空著，余佩宣索性將行李擱在椅子上。張勝捷仍舊規矩地舉高皮箱，塞進頭上的行李架。他兩手高舉的時候，褲管往上提，余佩宣看見他左腳上空空的一截，沒穿襪子。這麼不拘小節的人還眞少見，她想。

兩個人面對面坐著，火車開始滑動。從藍盆到海德堡，他們得一起度過三個小時，余佩宣覺得有點不幸，可是安慰自己，換了人也許更糟。正想拿本書出來打發時間，張勝捷說，「他們說你是個女性主義者。」

「喔！」

張勝捷原以爲她會驕傲地或者自我辯護地說些什麼，等了半天，卻發現她沒意思繼續這個話題，便說，「我對女性主義沒有偏見。」

余佩宣噗嗤笑出聲，卻不說話。

張勝捷覺得有點受傷，不高興地問，「好笑嗎？」

余佩宣冷淡地說，「當然好笑。你會不會對一個歷史學家或者人類學者說：『喂，我對歷史還是人類學沒有偏見？』此地無銀三百兩嘛！」

「哈！」張勝捷愉快地搶說，「你犯了類比的錯誤。歷史和人類學都是客觀科學；女性主義是一種主觀信仰，對主觀信仰當然能說有沒有偏見。我也可以說，我對天主教有偏見或沒有偏見。」

余佩宣往後躺進椅子，意興闌珊地，「那你是什麼呢？」

「我是一個誠實的保守主義者。」張勝捷宣布的姿態，有一點殉道的悲壯，彷彿他在說，我是中國最後一個國民黨員，或者，我是最後一頭白皮犀牛。

查票員出現在門口，剪了票。

「旅遊愉快！」他說，轉身離去。

張勝捷要強調的是「誠實」兩個字，這兩個字使他有異於他九〇年代的同儕。他覺得以余佩宣的聰慧，他可以讓她理解他對誠實的信仰。

一個巨無霸似的女人來到門口，先將行李擲到位子上，然後艱難地把自己的身體塞進嫌窄的門。女人全身是肉，往橫的長。穿著大花鮮豔的衣服，更使得整個身體龐大凌人。她背對著張勝捷彎身將行李推進位子下層，巨大多肉的臀部不可避免地逼在張勝捷鼻尖，令他覺得窒息。他把頭轉向窗外。

折騰了好一會兒，女人總算坐了下來，喘著氣，竟然緊挨著張勝捷。肥墩墩的手臂擱在扶手上，張勝捷努力往窗邊縮，否則他就得和胖女人摩肩接踵，肌膚相親。

他覺得倒楣極了。余佩宣那兒許久沒有聲音，或許已閉上眼睛。在強鄰的壓迫下，他也不再有心思談話。

「Japanese?」

是胖女人在說話，在對他說話；如此驚人的恐龍般的身體，發出的聲音卻尖細如貓叫。他搖搖頭，假裝聽不懂。

女人嘆息，「Japanese！」

張勝捷把眼睛閉上。不是，他不是一個日本人，他是一個誠實的保守主義者。如果你知道這是什麼意思。在這價值大翻轉的年代裡，做一個保守主義者需要勇氣，你知道嗎？余佩宜。美國人一喊出「政治正確性」的口號，其他國家的知識分子和政客（這兩個是分不開來了）馬上發現他們也有政治正確和不正確的兩派。在張勝捷虎豹同籠的小島上，政治正確有幾股力量：譬如搞環保反核的，譬如搞原住民還我土地什麼運動的，譬如鬧台灣獨立的，再譬如那一撮喊性解放的激進女權運動者……

還有所謂左傾知識分子。

這些人「正確」，因爲他們擁有的雖然只是一個政治立場，可是他們的政治立場和一些特定的形容詞劃上了等號，他們是進步的，革新的，他們是理想主義者，人道主義者，他們的政治立場擁有一圈道德的光環。

他們其中許多人其實是機會主義者，爲了那圈好看的道德光環而加入那個陣容，眞正要滿足的是個人的道德優越感，議題本身反倒其次。

這些人，在一個山地人因爲殺人而要處死刑的時候，就來個集體聲明：「刀下留人!!」原住民犯罪要考慮他的不公平的社會背景。奇怪，被那個山地人殺了的倒楣鬼好像就沒有什麼不公平的社會背景了。

把被害者和迫害者的道德位置顚倒過來，是政治正確的基本原則。

譬如那殺夫的女人，刀子還淌著血呢，這些人就大喊：她，她是弱者！她需要我們的幫助。那個被分成八大塊的丈夫，還倒在血泊裡呢，已經被宣布爲無惡不作的壞人，誰教他打她呢。這樣，兇手和被害又調了位子。

可是我張勝捷知道：階級和秩序的形成都是有它的必然性的，不能輕易推翻。再譬如反核吧，可是電，照樣要用。可沒見哪個反核的人回家把冷氣機給拆下來的。信仰社會主義吧。國民黨槍斃了好多人，在「政治正確」的新潮下，個個都成了爲理想獻身的烈士，個個都是「英靈不朽」。這個笑話最荒謬。這些「烈士」要是不死，修成又紅又專的共產黨員，他們不知道要害死多少人，多少和他們不同路的人。國民黨是瞎貓碰到死老鼠，糊里糊塗殺對了人。

這話，在政治正確的氣燄下，沒人敢說，連張勝捷都不敢。他只能在私下放炮。

但是他能說的也已不少，譬如女權的問題，他有一個理論：這是一個物競天擇的世界。解放女性多半不生孩子，忙著去追求自己的天空。她們的下代就越來越少，這種自私自利的女性注定了要絕種。生物淘汰原則，清清楚楚。不，女性解放並不憂心，他對她們沒有偏見。

道德選擇，對張勝捷不是一個需要大量考慮的難題。康德在他的「道德底形上學之基礎」中說得那麼明白。譬如說謊，爲什麼說謊是不道德的？並非因爲神在一塊石板上刻了「汝不可說謊」，所以說謊不道德。現代人的思維是這樣的：說謊之有用，倚靠別人的信任，他相信你的謊，你的謊才生效。謊，被一個「大家一般說實話」的保護網護著，所以可以得逞。可是如果每個人都說謊，那個保護網消失了，謊言根本沒有被相信的可能的話，謊言本身就失去了意義。是因爲這個功利考量，所以說謊是不道德的。

女人的解放也是如此，解放的意義在打破束縛，如果人人都打破束縛，也就沒有解放可言。

女人只要用邏輯想一想，她就會冷靜下來。

他發現自己動彈不得。睡熟的胖女人整個人歪過來，像一座山似地倒向他；頭重重地壓著他的肩膀。

他突然渴望看見江力廉。

她應該在車站等他。

14

張勝捷將行李丟到床上，輕快地說，「走吧，先去吃飯。你可以回來再整理。」

他走到了門外，才發現江力廉沒跟上來。

「喂！」他叫，「摸什麼呀！」

江力廉默默地過來。張勝捷見她跟來了，也就逕自往樓梯走去。

一出四季旅館，一陣清新的河風吹來。

「吃什麼？」他問。

「我們，」江力廉說，「到橋上走走好嗎？」

他奇怪地看她一眼，「幹嘛？」

江力廉已經往前去了，他只好跟著。

老橋上行人如織。許多人走過橋，到另一頭，然後回過身來眺望海德堡的古城輪廓。山上的廢堡在無數強光的照射烘托下，美麗璀璨得令人難以相信它的眞實，但是它又確確實實展現在眼前，一點也不假。它像灰姑娘金碧輝煌的馬車，可是堅持著拒絕變成南瓜。

上坡使得張勝捷有點喘。還好江力廉立在橋心就停了下來。倚著石欄，背對著丈夫。

「你怎麼了你？」

他與妻子肩並肩站著，只是各看著各的方向，妻子的視線還在山腰上的廢堡。

「你怎麼樣嘛？幾天不見就鬧情緒。」

妻子把臉轉過來。張勝捷不十分肯定，但他直覺妻子的激動，她的眼裡好像蓄滿淚水。

「勝捷……」她哽咽著，「我……」

「我受不了了……」她說不下去。

「唉，我的天！」他把她摟過來，讓她的頭靠在他肩上。

「你的情緒像天氣，天氣好的時候你就快樂，天氣不好你就心情壞。」他皺著眉頭。

「今天是晴天，你怎麼會這樣呢？」

妻子掙脫他的懷抱，停止了抽泣，抬頭看著他，不知心裡在想什麼，就那樣看著他。

「你受不了什麼呢你？」他誠心誠意地想知道。

妻子卻崩潰似地掩面哭起來，簡直就是放聲大哭。

他覺得難為情極了，趕忙牽起她的手，往橋頭方向，邊走邊說：

「我們去吃飯。」

15

連著三天的檢查下來，江力廉看得出張勝捷越來越不安。他不再堅持自己沒病。他知道自己是出了毛病，更懊惱自己完全不覺得問題在哪裡。在他的身體裡，竟然有一個理性無法掌握的東西，唉，別說掌握，連看都看不見，那個什麼東西。

薩克斯花了相當多的時間和張勝捷做這做那的。昨晚三個人一起看錄影帶，放的是《飄》的片段。看了半天，當白瑞德一把扯過郝思嘉抱在懷裡熱吻的時候，薩克斯問張勝捷：

「你想他們在幹什麼？」

張勝捷眼睛盯著螢幕，困惱地說，「他在抓一個人，我想是個女的。」

「很好，」薩克斯說。

郝思嘉在房裡哭。

「一個人在哭，」他不等薩克斯開口就說，「聲音是女的。」

「你知道她爲什麼哭嗎？她是誰？她跟男主角什麼關係？」

張勝捷茫茫然，猶疑地，邊想邊說，「好像不只一個女的？弄不清她是哪一個。不知道她爲什麼哭。」

「很好。」薩克斯滿意地關了機器，從口袋裡掏出一疊卡片，「我們來玩紙牌。」

他把一張畫著黃色三角形的牌放在張勝捷面前。「這是什麼？」

「一個黃色三角形。」

「這個呢？」

「圓圈，紅的。」

「這張？」

「綠色梯形。」

「很好。」

薩克斯對江力廉點點頭，江力廉會意地走到門邊，站在衣架旁，衣架和她人一般高，上頭岔開，掛下來幾件外套，還有她的一件薄風衣。

她咳嗽幾聲，然後輕手輕腳回到沙發上。

薩克斯把紙牌收攏，指著衣架問，「那邊站什麼？」

張勝捷抬頭直視衣架，很快地回道，「我太太呀！」

那是昨天晚上的事。江力廉漸漸覺得，薩克斯爲他們花那麼多時間，不只是因爲他與張勝捷是舊識，不只是因爲史密教授有面子。在做各種實驗時，他不時露出驚訝、困惑、不解的表情，那種專注與投入，像面對一個難解的謎。

江力廉已經熟悉了這裡的鏡子。薩克斯說得沒錯，在這裡等候的人絕不會無聊。鏡子以不同的角度收攝別的鏡子，又以完全意想不到的角度出現在另一面鏡子裡。江力廉試著用眼睛去追某一面鏡子的映象——鏡子裡的鏡子是幻象，那麼鏡子裡的鏡子裡的鏡子，是幻象中的幻象？對幻象中的幻象而言，幻象就是一個相對的實體嗎？

「我們差不多有結果了，」薩克斯又走了進來，「我只要再確定一件事。」

他拉下百葉窗，房間頓時暗下來。

「眼睛閉起來，」他說，「您剛從旅館走來這裡，請告訴我在您的右手邊有些什麼房子。」

張勝捷坐著，雙眼緊閉像接受催眠的樣子，邊想邊說，「麵包店、書店、眼鏡行、毛衣店、希臘餐館、廣場……銀行。」

「好，您的左邊，左邊有什麼商店？」

被問的人蹙起眉頭，極認眞地思索。

江力廉和薩克斯不約而同對望一眼。

張勝捷搖搖頭，「想不起來。」

很沮喪地又說，「眞想不起來。」

「沒關係，」薩克斯耐心地說，「現在，您離開研究所，順著原來的路走回旅館，告訴我您的右手邊有些什麼店。」

「咖啡店、義大利餐廳……花舖、手工藝店、玩具店……舊書店……」

「很好，那麼，您的左邊呢？」

張勝捷再度陷入沉思，低著頭，一動不動。

許久。

「不知道。」

江力廉長長地舒一口氣，這才發現自己的緊張。

薩克斯走到窗邊，「咻」一聲拉起百葉窗，江力廉震動了，她又看見那個白衣白帽的人，低著頭在院落裡掃地，地上什麼都沒有，除了幾隻小鳥跳來跳去。

「要杯咖啡嗎？」

薩克斯不等他們回答，逕自拿起桌上的壺，倒了兩杯，遞給他們，然後在兩人對面的旋轉椅坐下。

「說吧！薩克斯。」張勝捷蹺起腿，灑脫地揮了下手。

薩克斯沉吟了一會兒，似乎在考慮要從哪裡開始，慢條斯理地先啜了口咖啡。

「我和另外兩位同學詳細討論了您的情形，」他放下咖啡，拿起攤開在桌上的卷宗。「我們都同意，您的主側大腦半球出了毛病，是一種失識症。」

他從卷宗裡抽出一張紙讓夫婦兩個看。紙上畫著看起來像一團軟軟的彎彎曲曲的腸子。上面寫了許多數字。他用一隻鉛筆比劃著：

「這是我們的大腦。一個叫 Brodmann 的人把它分成好幾個區。這裡，十八區和十九區發生問題的時候，視覺認知就有問題。」

他在上面畫了兩個XX。

「可是您也說我的視力沒有毛病。」

「我說的是視覺認知，不是視力。失識症的意思是，你可以看見物體，但不能認知物體，重點是認知，不是看見。」

「您記得嗎？」他對張勝捷說：「我給了您這個鬧鐘，您是怎麼形容它的？」

張勝捷一時說不上來，江力廉替他回答，「他說，圓盤形，塑料，有玻璃表面，五公分直徑，約一公分半厚度。」

「對，可是您無法認知這個物體的功能，您看見這個東西，可是認不出它是個鬧鐘。」

薩克斯講話的速度整個放慢，「我就是這個意思。」

他停了一下，似乎在確定他們是否聽懂，接著說，

「您的忽略左臂和左腿也跟大腦有關，這倒不是什麼罕見的病，當非主側頂葉——您看

這裡——」

他換了一枝藍色的筆，在大腦圖上描：

「當非主側頂葉出了毛病，就影響到身體左半部的感覺，」他抬頭對江力廉說，「他穿衣服會忘記穿左邊吧？」

「對！」江力廉驚愕地叫出聲來，「常常！」

「失識症，英文叫 agnosia，您除了視覺失識之外，還有一個比較少見的 prosopagnosia，顏面失識症，這個病例我還是第二次碰見。顯然您的單側和雙側枕葉出了毛病。」

「什麼叫枕葉？」夫妻兩人合聲脫口而出。

「枕葉，」薩克斯在桌上找了枝紅筆，「這裡，枕葉，是膝狀體禽距回傳導徑路的終點，人的視覺和感知就靠它。枕葉發生病變，就影響病人看東西，東西會移位啦，或者變大變小等等。您對幾何圖形還可以正確認知，可是認不得人的臉孔——」

「可是我昨天還在披薩店那兒認出您呀，」張勝捷抗議。「您——」薩克斯把臉湊近他，瞪著他說，「您認出了我，還是我的鬍子？想想看！」

張勝捷思索著，顯然不能確定。

「我到現在不能理解的，」薩克斯站起來，兩手抱在胸前，用研究的眼光盯著張勝捷看，「爲什麼您比較看得見男性；對女人，卻幾乎完全失去辨識能力。」

「我和助手翻了好幾天的資料，」他又坐下，「關於顏面失識症的案例報告，譬如說，英國就不少，可是男女性別造成差異？」

他搖頭，「完全找不到前例。」

他又停下來，眼睛看著桌上的卷宗，近乎自言自語地說，「我還想會不會和顳葉有關，根據 Geschwind 的說法，顳葉癲癇的病人會對道德和宗教問題反應特別強烈——」

本來顯得有點抑鬱的張勝捷幾乎要跳起來，大聲說，「您在開我玩笑，薩克斯！」

薩克斯仰頭大笑，爲自己的幽默得意，摸摸鬍子說，「冒犯冒犯！您當然和顳葉癲癇無關，不過我想以曼努爾・康德一定是個顳葉癲癇患者。」

江力廉也忍俊不住，張勝捷訕訕地自我解嘲說，「瘋子和天才本來就差不多。」

薩克斯笑完了，又恢復了職業的嚴肅。他收好卷宗，轉過來，溫和地說，「還想問什麼嗎？」

「有，」張勝捷顯得困惑，「您以前有過顏面——顏面失識症的病人？」

薩克斯點點頭，「我在倫敦的時候，曾經接觸過一個在恐龍博物館工作的職員，他老把自己在鏡子裡的投影看作猴子。」

張勝捷一手插在褲袋裡站起來，開始走來走去，走來走去，走來走去，走到薩克斯面前，立定了，說，「您還沒告訴我，我要怎麼辦！」

做妻子的緊接著，「他怎麼繼續工作呢？情況會不會惡化呢？」

張勝捷說，「要開刀嗎？有治嗎？」

薩克斯一個勁兒搖頭，慢慢地說，「這個病不影響生命，只是使日常生活不太方便。您有太太幫忙，應該過得去。」

「您有什麼建議呢？」張勝捷坐下來。又站起來。

「沒有什麼特別的建議，張，這不是什麼太嚴重的病，」薩克斯認眞地說，「這次檢查的好處是讓您知道您對物體的認知力和判斷力是有所偏差的，如此而已。」

張勝捷站在那兒，手仍插在口袋裡，兩眼垂看著地下。

另外兩個人也靜靜地不出聲。

過了好一會兒，張勝捷抬起頭來，迷惘地說，「我總不能跳出我的腦子吧？」

16

黑頭髮的侍者一看到他們就大聲用義大利語招呼。張勝捷眺望了一下，指指最裡頭一張小桌，說：

「坐後頭吧！比較安靜。」

「好。」

侍者過來，殷勤地點上蠟燭。粉紅色的桌布，映著搖曳的燭光，散發出羅曼蒂克的情趣。客人們竊竊低語。

「點什麼？」江力廉讀著菜單，先是前菜，然後是披薩，然後是麵條，寬的窄的圓的扁的麵條。她放下菜單，說：

「還是你點吧！」

「你每次都這樣，女人就是拿不定主義。」

張勝捷很快地給自己叫了四季披薩，「這在台灣沒有。」給妻子叫了海鮮麵，「這裡的海鮮不會含重金屬。」還有一個綜合沙拉。

「不要橄欖！」對著侍者的背影，他還來得及加上一句。

櫃台上擺著幾個酒瓶，每一個都怪形怪狀的。有一個瓶頸像蛇一樣扭轉著盤旋而上。乾淨的酒杯倒掛著，一個一個就在侍者的頭上。酒吧台後面的那個侍者正在洗杯子，水放得嘩啦嘩啦響。

「義大利餐廳沒有音樂。」

「對，我也注意到了。」

「無所謂。」

「無所謂。」

飲料和沙拉先上來。

「沒有橄欖。」

「你跟他說了嘛。」

「要不要胡椒？」

「不要。」

一個皮膚黝黑的大眼少年，滿懷酒紅色的玫瑰花，在桌與桌間穿梭。他不打擾人，只是安靜地自每個桌邊走過。看見行止親密的，他就逗留久一點，低聲說些什麼。

「披薩好吃嗎？」

「不錯，你的麵呢？」

「很好，哪個是鹽？」

「當然是寫S的這一個。你什麼都嫌淡。」

「很好吃，就是有點淡。」

隔壁一桌結了帳，紛紛起身。一枝叉子很響地掉在地上，侍者撿起來，笑著說：「沒關係。」

「這家服務不錯。」

「我也覺得。」

「可以再來。」

「嗯。」

「麵好吃嗎？」

「不錯，就是淡點，要加鹽。」

「是你口味太重。」

「披薩好吃嗎？」

「不錯，沙拉也還可以。」

突然有音樂輕輕地流出來，一個嬌嫩的女聲唱著一首六〇年代流行的英文歌。「我相信天使……我相信所有的夢……」燭光和甜美的音樂使整個餐廳感覺溫馨和平，像聖誕樹下的搖籃。「我看見彩虹……相信它七種美麗的顏色……沒有雨的時候……知道它也在……從不消失……我相信……我相信……」

「力廉……」

「什麼？」

「力廉……」

「嗯？」

「我的病……」

江力廉抬眼看丈夫，他正凝視著她，疲倦的眼睛下面有兩個浮腫的眼袋，微微發黑。怎麼從前沒注意到。

「沒關係的，」她把手蓋在他的一隻手上，「我幫你穿襪子。」

抱著花的大眼少年剛好到了他們的桌旁，彎身，甜甜地說：

「在海德堡，給情人買朵玫瑰花吧?!」

文學啓示錄

001	人生歌王	王禎和著$ 140
002	刺繡的歌謠	鄭愁予著$ 100
003	開放的耳語	瘂弦主編 $ 110
004	沈從文自傳	沈從文著$ 180
005	夏志清文學評論集	夏志清著$ 130
006	如何測量水溝的寬度	瘂弦主編 $ 130
010	烟花印象	袁則難著$ 110
011	呼蘭河傳	蕭　紅著$ 180
012	曼娜舞蹈教室	黃　凡著$ 110
015	因風飛過薔薇	潘雨桐著$ 130
017	春秋茶室	吳錦發著$ 180
018	文學・政治・知識分子	邵玉銘著$ 100
019	並不很久以前	張　讓著$ 140
020	書和影	王文興著$ 130
021	憐蛾不點燈	許台英著$ 160
022	傅雷家書	傅　雷著$ 220
023	茱萸集	汪曾祺著$ 260
024	今生緣	袁瓊瓊著$ 300
025	陰陽大裂變	蘇曉康著$ 140
028	追尋	高大鵬著$ 130
029	高行健短篇小說集	高行健著$ 260
031	獵	張寧靜著$ 120
032	指點天涯	施叔青著$ 120
033	昨夜星辰	潘雨桐著$ 130
034	脫軌	李若男著$ 120
035	她們在多年以後的夜裡相遇	管　設著$ 120
036	掌上小札	蘇偉貞等著$ 100
037	工作外的觸覺	孫運璿等著$ 140
038	沒卵頭家	王湘琦著$ 140
041	變心的故事	陳曉林等著$ 110
043	影子與高跟鞋	黃秋芳著$ 120
044	不夜城市手記	蔡詩萍著$ 180
045	紅色印象	林　翎著$ 120
046	世人只有一隻眼	凌　拂著$ 120
048	高砂百合	林燿德著$ 180
049	我要去當國王	履　彊著$ 120
050	黑夜裡不斷抽長的犬齒	梁寒衣著$ 120
051	鬼的狂歡	邱妙津著$ 150
052	如花初綻的容顏	張啟疆著$ 100
053	鼠咀集－世紀末在美國	喬志高著$ 250
054	心情兩紀年	阿　盛著$ 220
055	海東青	李永平著$ 500
056	三十男人手記	蔡詩萍著$ 180
057	京都會館內褲失竊事件	朱　衣著$ 120
058	我愛張愛玲	林裕翼著$ 120
059	袋鼠男人	李　黎著$ 140
060	紅顏	楊　照著$ 120
062	教授的底牌	鄭明娳著$ 130
068	少年大頭春的生活週記	大頭春著$ 120
069	我們在這裡分手	吳　鳴著$ 130
070	家鄉的女人	梅　新著$ 110
072	紅字團	駱以軍著$ 180
073	秋天的婚禮	師瓊瑜著$ 120
074	大車拚	王禎和著$ 150
075	原稿紙	小　魚著$ 200
076	迷宮零件	林燿德著$ 130
077	紅塵裡的黑尊	陳　衡著$ 140
078	高陽小說研究	張寶琴主編 $120
079	森林	蓬　草著$ 140
080	我妹妹	大頭春著$ 130
081	小說、小說家和他的太太	張啟疆著$ 140
082	維多利亞俱樂部	施叔青著$ 130
083	兒女們	履　彊著$ 140
084	典範的追求	陳芳明著$ 250
085	浮世書簡	李　黎著$ 200
086	暗巷迷夜	楊　照著$ 180
087	往事追憶錄	楊　照著$ 180
088	星星的末裔	楊　照著$ 150
089	無可原諒的告白	裴在美著$ 140
090	唐吉訶德與老和尚	粟　耘著$ 140
091	佛佑茶腹鳾	粟　耘著$ 160
092	春風有情	履　彊著$ 130
093	沒人寫信給上校	張大春著$ 250
094	舊金山下雨了	王文華著$ 220
095	公主徹夜未眠	成英姝著$ 160
096	地上歲月	陳　列著$ 180
097	地藏菩薩本願寺	東　年著$ 120
098	四十年來中國文學	邵玉銘等編 $500
099	群山淡景	石黑一雄著 $140
100	性別越界	張小虹著$ 180
101	行道天涯	平　路著$ 180
102	花叢腹語	蔡珠兒著$ 180
103	簡單的地址	黃寶蓮著$ 160
104	在海德堡墜入情網	龍應台著 $180
105	文化採光	黃光男著$ 160
106	文學的原像	楊　照著$ 180
107	日本電影風貌	舒　明著$ 300
109	夢書	蘇偉貞著$ 160
110	大東區	林燿德著$ 180
111	男人背叛	苦　苓著$ 160
112	呂赫若小說全集	呂赫若著$ 500
113	去年冬天	東　年著$ 150
114	寂寞的群眾	邱妙津著$ 150
115	傲慢與偏見	蕭　蔓著$ 170
116	頑皮家族	張貴興著$ 160
117	安卓珍尼	董啟章著$ 180
118	我是這樣說的	東　年著$ 150
119	撒謊的信徒	張大春著$ 230
120	蒙馬特遺書	邱妙津著$ 180
121	飲食男	盧非易著$ 180

122	迷路的詩	楊　照著$ 200
123	小五的時代	張國立著$ 180
124	夜間飛行	劉叔慧著$ 170
125	危樓夜讀	陳芳明著$ 250
126	野孩子	大頭春著$ 180
127	晴天筆記	李　黎著$ 180
128	自戀女人	張小虹著$ 180
129	慾望新地圖	張小虹著$ 280
130	姐妹書	蔡素芬著$ 180
131	旅行的雲	林文義著$ 180
132	康特的難題	翟若適著$ 250
133	散步到他方	賴香吟著$ 150
134	舊時相識	黃光男著$ 150
135	島嶼獨白	蔣　勳著$ 180
136	鋼鐵蝴蝶	林燿德著$ 250
137	導盲者	張啟疆著$ 160
138	老天使俱樂部	顏忠賢著$ 190
139	冷海情深	夏曼·藍波安著$ 180
140	人類不宜飛行	成英姝著$ 180
141	夜夜要喝長島冰茶的女人	朱國珍著$ 180
142	地圖集	董啟章著$ 180
143	更衣室的女人	章　緣著$ 200
144	私人放映室	成英姝著$ 180
145	燦爛的星空	馬　森著$ 300
146	呂赫若作品研究	陳映真等著$ 300
147	Café Monday	楊　照著$ 180
148	我的靈魂感到巨大的餓	陳玉慧著$ 180
149	誰是老大？	龐　德著$ 199
150	履歷表	梅　新著$ 150
151	在山上演奏的星子們	林裕翼著$ 180
152	失蹤的太平洋三號	東　年著$ 240
153	百齡箋	平　路著$ 180
154	紅塵五注	平　路著$ 180
155	女人權力	平　路著$ 180
156	愛情女人	平　路著$ 180
157	小說稗類	張大春著$ 180
158	台灣查甫人	王浩威著$ 180
159	黃凡小說精選集	黃　凡著$ 280
160	好女孩不做	成英姝著$ 180
161	古典與現代的女性闡釋	孫康宜著$ 220
162	夢與灰燼	楊　照著$ 200
163	洗	郝譽翔著$ 200
164	朱鴒漫遊仙境	李永平著$ 380
165	兩地相思	王禎和著$ 180
166	再會福爾摩莎	東　年著$ 160
167	男回歸線	蔡詩萍著$ 180
168	文學評論百問	彭瑞金著$ 240
169	本事	張大春著$ 200
170	初雪	李　黎著$ 200
171	風中蘆葦	陳芳明著$ 200
172	夢的終點	陳芳明著$ 200
173	時間長巷	陳芳明著$ 200
174	掌中地圖	陳芳明著$ 200
175	傳奇莫言	莫　言著$ 200
176	巫婆の七味湯	平　路著$ 200
177	我乾杯，你隨意	蕭　蔓著$ 180
178	縱橫天下	舒國治等著$ 150
179	長空萬里	黃光男著$ 180
180	找不到家的街角	徐世怡著$ 200
181	單人旅行	蘇偉貞著$ 200
182	普希金秘密日記	普希金著$ 250
183	喇嘛殺人	林照真著$ 300
184	紅嬰仔	簡　媜著$ 250
185	寂寞的遊戲	袁哲生著$ 180
186	歡喜讚歎	蔣　勳著$ 240
187	新傳說	蔣　勳著$ 200
188	惡魔的女兒	陳　雪著$ 200
189	與荒野相遇	凌　拂著$ 220
190	爽	李昂·阿城合著$ 260
191	大規模的沉默	唐　捐著$ 200
192	尋人啟事	張大春著$ 240
193	海事	陳淑瑤著$ 180
194	一言難盡	喬志高編著$ 260
195	女流之輩	成英姝著$ 200
196	第三個舞者	駱以軍著$ 280
197	放生	黃春明著$ 220
198	布巴奇計謀	翟若適著$ 280
199	曼那欽的種	翟若適著$ 280
200	NO	翟若適著$ 280
201	少年軍人紀事	履　彊著$ 200
202	新中年物語	履　彊著$ 200
203	非常的日常	林燿德著$ 200
204	鏡城地形圖	戴錦華著$ 240
205	愛的饗宴	東　年著$ 160
206	祝福	蔣　勳著$ 180
207	眼前即是如畫的江山	蔣　勳著$ 180
208	情不自禁	蔣　勳著$ 220
209	寫給Ly's M-1999	蔣　勳著$ 180
210	兵俑之戀	朱　夜著$ 180
211	手記描寫一種情色	林文義著$ 180
212	逆旅	郝譽翔著$ 180
213	大水之夜	章　緣著$ 200
214	知識分子	龔鵬程著$ 240
215	雨中的法西斯刑場	鍾　喬著$ 200
216	浮生逆旅	吳　鳴著$ 200
217	夾縫中的族群建構	孫大川著$ 200
218	山海世界	孫大川著$ 240
219	北歸南回	段彩華著$ 280
220	小說稗類（卷二）	張大春著$ 180
221	凝脂溫泉	平　路著$ 200

文學啓示錄

279 馬克斯之死 翟若適著$ 299
280 盲目地注視 黃國峻著$ 200
281 麥克風試音 黃國峻著$ 190
282 阿難 虹 影著$ 280
283 仰天45°角 黃寶蓮著$ 200
284 我和我豢養的宇宙 鍾怡雯著$ 180
285 我凝視 平 路著$ 240
286 海浪的記憶 夏曼·藍波安著$ 220
287 哭泣哭泣城 阮慶岳著$ 180
288 藥罐子 李欣倫著$ 230
289 南方絳雪 蔡珠兒著$ 220
290 百年追問 蕭關鴻著$ 280
291 在百貨公司遇見狼 張小虹著$ 260
292 因為孤獨的緣故 蔣 勳著$ 160
293 俳句一百首 馬悅然著$ 230
294 我年輕的戀人 陳義芝著$ 200
295 一首詩一個故事 吳 晟著$ 220
296 筆記濁水溪 吳 晟著$ 260
297 楊牧 張惠菁著$ 250
298 另一種鄉愁 馬悅然著$ 220
299 孔雀的叫喊 虹 影著$ 230
300 疫 章 緣著$ 260
301 勸學 福澤諭吉著 $240
302 日蝕 平野啟一郎著 $ 200
303 魔幻之眼 南方朔著$ 250
304 暗示 韓少功著$ 380
305 看天族 黃武忠著$ 299
306 星移幾度 賈福相著$ 250
307 鴛鴦蝴蝶 趙 川著$ 180
308 歌聲戀情 路寒袖著$ 200
309 憂鬱三千公尺 路寒袖著$ 170
310 安住亂世 向 陽著$ 200
311 印象國度 黃光男著$ 200
312 第九味 徐國能著$ 200
313 太平盛世 聞人悅閱著 $ 200
314 魯賓遜漂流記 林正盛著$ 200
315 如何打敗可口可樂 翟若適著$ 220
316 躁鬱的國家 黃 凡著$ 220
317 上裸男孩 席德進著$ 280
318 孤飛之鷹 席德進著$ 280
319 是或一點也不 黃國峻著$ 220
320 水門的洞口 黃國峻著$ 160
321 飛翔的麒麟（上） 辻原登著$ 280
322 飛翔的麒麟（下） 辻原登著$ 280
323 黑蝴蝶 孫 禹著$ 240
325 銀色仙人掌 龍應台著$ 230

222 女性觀照下的男性 李仕芬著$ 280
223 你給我天堂，也給我地獄 蔡詩萍著$ 220
224 秀才的手錶 袁哲生著$ 200
225 尋找紅氣球 李 黎著$ 200
226 玫瑰蕾的名字 李 黎著$ 200
227 度外 黃國峻著$ 220
228 金絲猿的故事 李 渝著$ 180
229 一九五〇仲夏的馬場町 徐宗懋編撰 $ 299
230 島 賴香吟著$ 200
231 月球姓氏 駱以軍著$ 350
232 獵雷 陳玉慧著$ 230
233 知識與愛情 龔鵬程著$ 240
234 經典與現代生活 龔鵬程著$ 240
235 漫遊者 朱天心著$ 200
236 小王子 聖德士修百里著$ 160
245 猴杯 張貴興著$ 280
246 日與月相推 向 陽著$ 180
247 跨世紀傾斜 向 陽著$ 160
248 深山夜讀 陳芳明著$ 250
249 山地門之女 江文瑜著$ 280
250 美麗蒼茫 王定國著$ 320
251 革命家的夜間生活 林文義著$ 260
252 台灣好女人 藍博洲著$ 240
253 消失在歷史迷霧中的作家身影 藍博洲著$ 360
254 當代大陸文學史教程 陳思和主編$ 380
255 台灣現代詩經緯 林明德著$ 400
256 文學場域的變遷 張誦聖著$ 260
257 一枝煎匙 宋澤萊著$ 320
258 徐志摩短詩選 徐志摩著$ 120
259 那些人那些故事 楊 照著$ 200
260 跨越 佛瑞斯特·威爾遜著$ 220
261 母親 高行健著$ 160
262 你是否愛過？ 陳玉慧著$ 260
263 漂木 洛 夫著$ 280
264 男人的育嬰史 賴瑞和著$ 200
265 未來，一直來一直來 林正盛著$ 350
266 一隻蝴蝶飛過 柯淑卿著$ 200
267 月蝕的七個半夜 楊 煉著$ 200
268 河潮 友 友著$ 200
269 樹猶如此 白先勇著$ 360
270 文字的故事 唐 諾著$ 249
271 衣魚簡史 董啟章著$ 230
272 愛的考驗 尤果·韓爛頓著$ 230
273 外省書 張 煒著$ 260
274 紀弦回憶錄 紀 弦著$ 750
275 北風之南 林文義著$ 200
276 天涯海角 簡 媜著$ 280
277 華太平家傳 朱西甯著$ 800
278 夢中書房 羅智成著$ 220

聯合文叢 290

銀色仙人掌

作　　者／龍應台
發 行 人／張寶琴
總 編 輯／許悔之
執行副總編輯／鄭栗兒
編　　輯／郭慧玲　劉韻韶
美術副總編輯／周玉卿
美術編輯／戴榮芝
校　　對／郭慧玲　劉韻韶　魚　蘭
法律顧問／理律法律事務所
陳長文律師、蔣大中律師
出 版 者／聯合文學出版社有限公司
地　　址／台北市基隆路一段180號10樓
電　　話／(02)27666759・27634300轉5107
傳　　真／(02)27491208 (編輯部)、27567914 (業務部)
郵撥帳號／17623526 聯合文學出版社有限公司
登 記 證／行政院新聞局局版臺業字第6109號
網　　址／http://unitas.udngroup.com.tw
E-mail:unitas@ms4.hinet.net
印 刷 廠／盛詮印刷股份有限公司
總 經 銷／聯經出版事業公司
地　　址／台北縣汐止市大同路一段367號三樓
電　　話／(02)26422629

出版日期／2003年12月　初版
2003年12月15日　初版八刷
定　　價／230元

Published by Unitas Publishing Co .,Ltd.

Printed in Taiwan

ISBN 957-522-453-1（平裝）

國家圖書館出版品預行編目資料

銀色仙人掌／龍應台著. 初版. -- 臺北市：
聯合文學. 2003〔民92〕
面；　公分. --（聯合文叢；290）

ISBN 957-522-453-1（平裝）

857.63　　92020537